作
藤栄美

画
米良

ラブ♡偏《へん》差《さ》値《ち》
転校生も恋《こい》のライバル!?

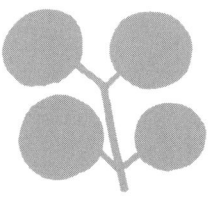

フォア文庫

もくじ

おもな登場人物

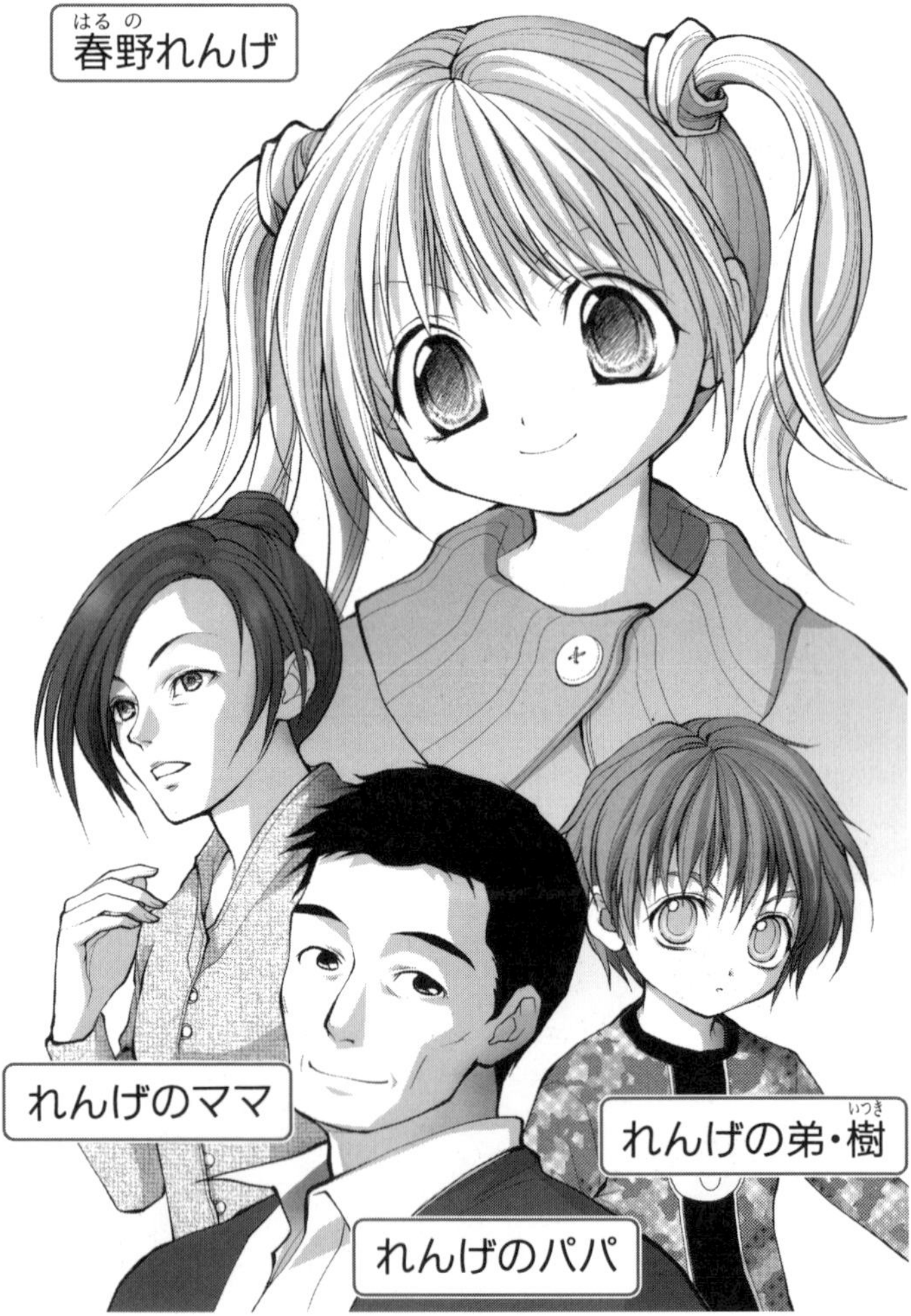
春野《はるの》れんげ
れんげのママ
れんげのパパ
れんげの弟・樹《いつき》

山下《やました》　翔《かける》
鈴木《すずき》優奈《ゆうな》
泉田《いずみだ》彩花《あやか》
辻井《つじい》万稚《まち》

この作品は、フォア文庫のために書き下ろされたものです。

装丁　丸尾靖子

♡ 1 新学期の朝

新学期が始まった。

ウチは、夏休み前と変《か》わらず、優奈《ゆうな》ちゃんといっしょに登校した。

少し前を山下《やました》が歩いていた。

ウチも優奈《ゆうな》ちゃんもだまったままだ。

わき道から男子があらわれた。山下《やました》と合流し、二人は走るみたいにどんどん先へ進んでいく。

山下《やました》の背中《せなか》が遠くはなれると、ウチはつい、息をはきだした。

となりで優奈《ゆうな》ちゃんも同じようにしてる気配《けはい》を感じた。

目があう。

ウチらは意味なく笑《わら》いあった。

「あのさ」「あのね」

同時に話しかけて、

「あ、なに？」

「ううん、たいしたことじゃないの。れんげちゃん、どうぞ」

たがいにゆずって、けっきょくウチが切りだすことに。

「花火。どうだった？」

夏休みの終わりに、優奈《ゆうな》ちゃんは山下《やました》と町の花火大会に行く約束《やくそく》をとりつけていたんだ。ウチがおぜんだてした。

「あぁ、うん。……行かなかった」

「えっ？」

ウチはおどろいて、思わず足を止めた。

「えっ？　行かなかったの？」

「うん、電話でことわった」

「ことわった……って、優奈《ゆうな》ちゃんから？　なんで!?」

「わかんない。わかんないけど……。そのほうがいい気がしたの。そうしたかったの」

優奈《ゆうな》ちゃんはウチを見ずに早口で言った。それきり口をつぐんでしまう。

ウチももうなにもたずねなかった。

混乱《こんらん》してた。

優奈《ゆうな》ちゃんが花火大会に行かなかった……。

自分からことわった……。

（どうして？）

（どういうこと？）

優奈《ゆうな》ちゃんが山下《やました》を好《す》きだというから、ウチも協力《きょうりょく》してあげたのに。仲《なか》よくなれるようチャンスをつくったり、花火のさそいのときだって、気は進まなかったけど、勇気《ゆうき》の出ない優奈《ゆうな》ちゃんにかわってウチが電話をかけたんだ。

その日は、山下《やました》の所属《しょぞく》する少年野球チーム「暁《あかつき》」が初《はじ》めて公式戦《こうしきせん》に勝った記念《きねん》すべき日だった。弟の樹《いつき》も暁《あかつき》に入っているので、ウチは、山下《やました》がずっとどんなに野球をがんばっているか知ってたし、初勝利《はつしょうり》で大喜《おおよろこ》びする山下《やました》のすがたもおうえんに行って、見ていた。今、優奈《ゆうな》ちゃんに花火にさそわれても、それどころじゃないだろうなぁ、とは思ったけれど、「山下《やました》のことは、もう、あきらめる」と悲しそうな顔をする優奈《ゆうな》ちゃんを目の前にしたら……。放っておけなかった。

（なのに、どうして？）

それに、なぜ、理由を話してくれないの？

さんざんこれまでウチに相談《そうだん》してきたくせに。かんじんなことは、まるで秘密《ひみつ》にするみたいに、教えてくれないなんて……。

学校に着くまで、優奈《ゆうな》ちゃんも、ウチも、まったくしゃべらなかった。

優奈《ゆうな》ちゃんとのあいだに、目に見えないみぞができたような気がした。

ウチと優奈《ゆうな》ちゃんは、ばらばらに教室に入った。

席《せき》について、ランドセルの中身をとりだしていると、前の机《つくえ》のミキちゃんがふりむいて、

「ねぇねぇ、知ってる？　一組に転校生が来たの」

と言った。

「え、知らない。男子？　女子？」

「女子らしいよ」

なるほど、教室内はその話題で持ちきりだった。

「ちぇーっ、なんで一組なんだよ。うちのクラスならいいのにさ。つまんねぇ」

だれかの声に、だれかが応《おう》じた。

「一組は水沢《みずさわ》が転校したから、一人少ないじゃん」

『水沢《みずさわ》』という名前を聞いて、ウチの体はかたくなった。

（水沢君《みずさわくん》……。ウチからの返事が来なくて、がっかりしているかな……）

一学期の終わりの一か月間だけ、つきあった男の子。アメリカに引っこししちゃった。最後《さいご》に「わすれていいよ」と告《つ》げて。

だけど、夏休みに手紙をくれた。手紙のラストにはやっぱり「返事はいりません」と書かれてあった。

本当は返事を待ってるって、ウチにはわかる。そう、今のウチなら。だからこそ、書けなかった。

（水沢君《みずさわくん》のことはわすれてない。でも……）

目線を上げて、ウチは山下《やました》の席《せき》のほうを見た。山下《やました》は、男子の友だちにかこまれて楽しそうにしゃべっている。

まぶしい。

おおぜいの人の中で、山下《やました》にだけスポットライトが当たってるみたい。特別《とくべつ》な感じがする。

水沢君《みずさわくん》のことはわすれてない。

それでも、こんな気持ちのまま、返事は出せない。うそはつけない。

（いつか、心の整理がついたら、そのときには、きっと書くよ。ごめんね。水沢君《みずさわくん》――）

「翔《かける》！　翔《かける》！」

教室の前のドアから男子が顔をのぞかせ、山下《やました》を手まねきした。

「となりの組の転校生、見に行こうぜ」

「いいよ、オレ、もう知ってるから」

（え？）

「そうなの？　なんで、なんで？」

男子にたずねられ、山下《やました》が答える。

「暁《あかつき》に入ったんだ」

「女でしょ？」

「うん。弟といっしょに。野球が好《す》きなんだってさ」

ウチは思いだした。

樹《いつき》が言ってた。

すごく野球の上手な子が入団《にゅうだん》した、って。その子のかつやくもあり、次の試合《しあい》にも勝ち、三回戦《かいせん》で残念《ざんねん》ながら敗退《はいたい》したのが、この夏の暁《あかつき》の戦績《せんせき》だった。

そういえば、きょうだいで入ったという話だったけど、お姉さんとは思わなかった。てっきり男子だとばかり……。

がぜん興味《きょうみ》がわいてきて、

(聞いてみよう)

と、ウチは思った。

山下《やました》に。

いつもみたいに、ふつうに、自然《しぜん》に。

話しかけるんだ。

席《せき》を立った。山下《やました》に向かって歩きだす。

いつもみたいに、ふつうに、自然《しぜん》に。

(あれ? なに? なんだかへん。手足がぎくしゃくしてうまく進めない)

わずか数メートルの距離《きょり》がやたら長く感じられた。

ようやく山下《やました》のそばまでやってきたけど、今度は、声が。

（おかしいな。最初《さいしょ》のひとことが出てこないよ）

それに、このドキドキ。しんぞうがとびだしそうなほどバクバクいってる。

「や、山下《やました》ぁ？」

みょうに甲高《かんだか》い、ヤギの鳴き声のような声で、ウチは山下《やました》を呼《よ》んだ。

（わっ、また、笑《わら》われる！　バカにされる！）

でも、山下《やました》はふりかえり、ウチをチラッと見やっただけだった。

「あ、あのさ、一組に来た転校生、暁《あかつき》にも入ったんだってね。樹《いつき》に聞いたよ。どんな子？」

「知らね」

そっけなく、山下《やました》が答えた。

そして、もうウチから顔をそむけている。

「でさぁ、そんなんじゃ、ぜったいマズイじゃん。そく、にげました、オレ」

「アハハハ！」

山下《やました》を中心に知らない話題でもりあがる男子たち。

その輪《わ》のはずれで、とほうにくれて立ちつくしているウチ。

（男子たちとしゃべるのって、こんなにむずかしかったっけ……？）

いつもなら、山下《やました》がすぐにウチにつっこんでくれて、そこからどんどんひろがって、気づけばウチらはクラスの笑《わら》い声に包《つつ》まれてる。ふだんだったら。

（もしかして、ウチ、山下《やました》にさけられてる……？）

♡ 2 山下《やました》の変化《へんか》

「……これからはだんだんすずしくなってきます。読書の秋、スポーツの秋。夏休みのあいだにたくわえたエネルギーをおおいに発揮《はっき》して、どうぞみなさん、勉強に、運動に、実《みの》りある二学期を……」

体育館での始業式。ウチらは休めの姿勢《しせい》で校長先生のお話を聞いていた。

ウチのしせんのはしに、山下《やました》の背中《せなか》がうつりこんでる。となりの列、ななめ前あたりに、山下《やました》は立っている。

いつもなら、しょっちゅうこっちをふりかえるのだけど、今日はまだ一度も後ろを向かない。前の男子や横の女子とは話しているのに。

と、山下《やました》の体がクルッとひるがえった。

ウチはハッとし、期待する。

山下《やました》は自分の後ろ、ウチのとなりの高橋《たかはし》に話しかけただけで、ウチのほうはまったく見もしなかった。そのまま前に向きなおってしまった。

集会中に山下《やました》の悪ふざけのまきぞえをくったこと、数知れない。山下《やました》にチョッカイを出されるたびに、いつも、先生に目をつけられないかとはらはら。けど、それが楽しくて。山下《やました》といるとなにがおこるかわからず、刺激《しげき》に満《み》ちていて、楽しいの。

こんな平和な集会、つまらない。

(ぜったいさけられてる。おかしい)

ウチは思った。

（どうしたんだろう……。ウチの気持ちに気づいたとか!?）

ううん。まさか。

ウチが山下《やました》を好《す》きだって自覚《じかく》したのは、ついこの前、花火大会の夜だもん。その後、山下《やました》とは今日まで会ってないし、このへんな感じは朝から始まっていたのだから、原因《げんいん》はそのずっと前にあるはず。

やっぱり、電話――。あのときの――。

（まだおこってるんだ……）

山下《やました》はすぐにカッとなるけど、決して根に持つタイプじゃなく、ケンカしてもせいぜい一日。たいてい次の日にはケロッとしている。

その山下《やました》がいまだにわすれてないとは。

（よっぽどおこらせちゃったんだろうな）

あやまらなきゃ、と思う。

それはわかってる。

わかってるんだ。

……でも……。

とんとん、と背中《せなか》をたたかれた。後ろにならんでるミキちゃんだった。

「ほら、あの子。転校生」

ミキちゃんが、一組の列の後方をふりかえって、小さく指さし教えてくれた。それは、ショートカットで、きゃしゃな女の子。黄色いTシャツに、デニムのホットパンツからのびた足がすごく長い。ボーイッシュな印象《いんしょう》だけれど、ほかにはとりたてて目立つところはないふうに感じた。

それより、ウチは山下《やました》のことが気がかりでしょうがなかった。

(前みたいに話したいよ)

山下《やました》に相手にされないのが、こんなにせつないなんて――。

山下《やました》から冷《つめ》たい態度《たいど》をとられている女子が、もう一人いた。

なんと、優奈《ゆうな》ちゃんだった。

始業式が終わって、体育館からゾロゾロともどるとちゅう、教室のドアの前で優《ゆう》奈《な》ちゃんが山下《やました》を呼《よ》びとめているのを、ぐうぜん見かけた。

「山下《やました》。あの」

ところが、山下《やました》は、スッと優奈《ゆうな》ちゃんのわきを通りぬけ教室へ入ってしまった。

まるで、優奈《ゆうな》ちゃんがとうめい人間かなにかで、まったく見えていないみたいに。

山下《やました》に向かって上げかけた手を、優奈《ゆうな》ちゃんは力なくだらんと下ろした。

はためにもショックを受けているのが、わかった。

と、そのしゅんかん、優奈《ゆうな》ちゃんとウチの目があった。

ウチのほうが先に、あわててしせんをそらした。なんだか見てはいけないものを

見ちゃった気がして……。
ウチは席《せき》につき、しばらくして優奈《ゆうな》ちゃんも机《つくえ》にすわったようだった。
優奈《ゆうな》ちゃんの思い、痛《いた》いほどわかる。
だって、同じ。
ウチら二人とも、山下《やました》にさけられてる。めちゃくちゃ山下《やました》をおこらせちゃったんだ。
どうしよう……。どうしたらいい？
本当は相談したい。
この不安《ふあん》な気持ちを分けあいたい。
それができるのは、ウチと、優奈《ゆうな》ちゃんだけ。
なぜって、ウチも優奈《ゆうな》ちゃんも、山下《やました》が好《す》きだから。
でも、できない。
優奈《ゆうな》ちゃんはウチの気持ちを、まだ、知らないから——。

♡ 3 長い一日

長い一日だった。じっさいにはまだ午前授業《じゅぎょう》だったというのに。

けっきょく一度も山下《やました》と話さなかった。こんな日は、同じクラスになって、初《はじ》めて。

そして、そのことに関《かん》して優奈《ゆうな》ちゃんとも話しあっていない。

優奈《ゆうな》ちゃんとはいっしょに帰ってきて、ふつうにしゃべった。でも、おたがい一番大事なことにふれないようにしているのがわかって、なんとなく気づまりだった。

ウチは知りたかった。優奈《ゆうな》ちゃんが、なぜ、花火大会に行かなかったのか。山下《やました》となにがあったのか。その理由をどうしてウチに教えてくれないのか……。優奈《ゆうな》ちゃんだって、とっくに気づいているはずだ。山下《やました》が、ウチのことも、優奈《ゆうな》ちゃんと同じようにさけている、と……。

なのに、それを相談しないウチを、優奈《ゆうな》ちゃんは、おかしいと感じてるかな。

ウチとちがい、カンのいい優奈《ゆうな》ちゃんだもの、きっともうなにかをかぎとってると思う。でも、なにも言ってこない。

（わかんないよ。優奈《ゆうな》ちゃんも。山下《やました》も……）

ウチにとって最《もっと》も近しい二人が、うんと遠くに行っちゃったみたい。

これもすべて、ウチが山下《やました》を好《す》きだって自覚《じかく》しちゃったせい？

「どうしたの、れんげ。食欲《しょくよく》ないの？」

「えっ？」

ウチは、オムライスのスプーンをにぎりしめたまま、ぼうっと考えこんでいたらしい。

今日は給食《きゅうしょく》がなかったから、家で、ママと樹《いつき》の三人でお昼を食べてる。

「ううん、そんなことないよ」

「学校でなにかあった？」

童話作家のママは、優奈《ゆうな》ちゃんに負けずおとらず、カンがいい。

「新学期そうそう、あるわけないじゃん」

つとめて明るくウチは否定《ひてい》した。

「だったら、いいけど。ひさしぶりの学校でつかれたのかしらね」

「かもしんない。ちょっと頭がフラフラする」

帰るころからじつは頭痛《ずつう》がおこりそうな気配《けはい》がしていた。

「だいじょうぶ？　夏休みもずっと夏期講習《こうしゅう》だったし、いよいよ受験《じゅけん》勉強も追いこみで、無理《むり》してるから」

「ママ！　ねぇ、聞いてる？　オレが話してたんだよ、今」

樹《いつき》が、会話にわりこんできた。

「はいはい、ちゃんと聞いてたわよ。大輝君《だいきくん》、四年三組だったんでしょう？」

そういえば、食事の間中、いつになく樹《いつき》がむちゅうでしゃべっていたような……。

「ダイキ？」

「ほら、最近《さいきん》引っこしてきて、暁《あかつき》に入った……」

ママが説明《せつめい》してくれた。

「ああ！　その子、ダイキっていうの？」

うなずく、ママ。

「たしか秋本《あきもと》、いや秋山《あきやま》……」

「秋葉《あきば》！　秋葉大輝《あきばだいき》！」

どなるように、樹《いつき》が言った。

「ふーん。同じ組になったんだ？」

「そうさっきから言っててんじゃん！　人の話聞いててんのかよ」

聞いてなかった。

ふと、ウチは思いだした。

「きょうだいで野球やってるんだよね？　お姉さんも暁《あかつき》に入ったって……」

「あぁ、お姉ちゃんのほうは初心者《しょしんしゃ》だけど」

「えっ？　初心者《しょしんしゃ》なの？」

「うん。前から野球好《ず》きだけど、やるのは初《はじ》めてだって。けど、運動神経《しんけい》いいし、センスはあるって山下君《やましたくん》も言ってた」

――山下《やました》――

どきんっとした。

さりげなく、ウチはたずねる。

「山下《やました》、元気？　このごろ、変《か》わりない？」

「なに言ってんの？　そっちこそ、同じ組のくせに」

「いや、そうなんだけど。暁《あかつき》での調子《ちょうし》はどうなのかなぁと思って」

「絶好調《ぜっこうちょう》だよ！　お姉ちゃんが心配しなくても。スゴイぜぇー、最近《さいきん》の暁《あかつき》は。進化してんだからな。秋の大会はやるよ。おどろくよ、みんな。山下君《やましたくん》もいるし、大輝《だいき》君《くん》も入ったし、もちろんオレだって！　この前のバッティング練習のときなんか――」

樹《いつき》の熱弁《ねつべん》は続《つづ》き、ウチはもはやほかのことに考えをめぐらせはじめ、またもや樹《いつき》の話を聞いちゃいなかった。


夕方からの塾《じゅく》の時間まで、二階の自分の部屋で勉強をしていた。

ウチは私立《しりつ》中学を受験《じゅけん》するつもりでいる。決めたのは、五年の秋。優奈《ゆうな》ちゃんにさそわれて、桜蘭《おうらん》女学院の文化祭に出かけていったことがきっかけだった。そのために実学舎《じつがくしゃ》という塾《じゅく》へも入り、がんばってきた。この夏以降《いこう》が正念場《しょうねんば》だともじゅうぶんわかってる。

ところが。

集中できない。勉強に身が入らない。

夏休みあたりからずっとそんな調子《ちょうし》が続《つづ》いているの。

もやもやしてしまう。

考えなきゃならないこと、考えてもわからないことで頭の中がいっぱい。バクハツしそう。

今日一日話せなくて、ウチは思い知らされた。

やっぱり、山下《やました》のことが好《す》きなんだな、って。

ものたりなくて、さびしくて、つまらなくて、どうしようもなかった。

なのに、山下《やました》をすごくおこらせちゃって、これから、どうしたらいい？

優奈《ゆうな》ちゃんのことも。

最初《さいしょ》に山下《やました》を好《す》きだと宣言《せんげん》したのは、優奈《ゆうな》ちゃんだ。順番は関係《かんけい》ないのかもしれない。けど、ウチは、「協力《きょうりょく》するよ」と約束《やくそく》しちゃったんだ。

これって、うらぎりになるの？

優奈《ゆうな》ちゃんには、ウチの気持ちをきちんと伝《つた》えたほうがいいんだろうか。

ううん。知らんぷりしていたほうが……？

そんなこと、できる？

優奈《ゆうな》ちゃんに秘密《ひみつ》にして、この気持ち、心に封印《ふういん》して……。

そうしていたら、いつか、自然《しぜん》に消えていく？

けど、本当に、いいの？

山下《やました》を好《す》きな思いが消えてなくなっちゃっても——

ウチは、いいの？——

ノートに落としたしせんがチカチカして、本格的《ほんかくてき》に頭がキーンと痛《いた》みだした。


薬を飲んだので、塾《じゅく》へ行くころには頭痛《ずつう》はなんとかおさまっていた。

実学舎《じつがくしゃ》は、松永《まつなが》先生が一人で教えている小規模《しょうきぼ》な進学塾《しんがくじゅく》だ。塾生《じゅくせい》も六年生はウチをふくめて三人。けれど、松永《まつなが》先生の授業《じゅぎょう》はわかりやすいし、アットホームなふんいきだし、ウチは気に入ってる。

建物《たてもの》は、住宅街《じゅうたくがい》の一角《いっかく》にある、一軒家《いっけんや》。先生の亡《な》くなったお母さんが住んでいたおうちをそのまま塾《じゅく》として使っているの。

玄関《げんかん》を入ってすぐの畳《たたみ》の部屋。長方形の座卓《ざたく》が二つ平行にならべられていて、奥《おく》のテーブルには辻井万稚《つじいまち》ちゃん、入り口側《がわ》にウチと、アーヤこと泉田彩花《いずみだあやか》ちゃん。席《せき》は自由なのだけど、いつもこんな感じですわっている。

二つのテーブルのあいだの小さな机《つくえ》が松永《まつなが》先生の席《せき》。

算数の講義《こうぎ》の前に、先生は四角く大きな茶色い封筒《ふうとう》を全員に配った。

それがなんなのか、ウチらには察《さっ》しがつく。

「あぁ、先月の模試《もし》、返ってきたぁ」

「結果《けっか》見るしゅんかんって、毎回きんちょうするよね」

「いやだぁ」

口ぐちになげきながら、三人ともその場で封筒《ふうとう》をあけた。

ウチの成績《せいせき》は——

下がっていた。予想どおり。

「どうだった?」

となりからアーヤが、ウチのデータをのぞきこんだ。かくす間もない。

「……」

けど、のぞき見たものの、結果《けっか》の悪さにどう言ってよいか困《こま》ってしまったみたい。

「まぁ、テストなんて、運だから。下がったといっても、桜蘭《おうらん》の合格判定《ごうかくはんてい》、Cランクじゃん。すごいよ」

あきらかになぐさめとわかる言葉をかけてくれる。

「この前まではBだったけどね」

と、ウチは首をすくめて、

「アーヤは？　今回初《はじ》めて、志望校《しぼうこう》、明成《めいせい》学院って書いたんでしょう？」

たずねかえした。

なかなか志望校《しぼうこう》が決まらなかったアーヤだけど、夏休みにたくさん学校見学をして回り、ようやく行きたい学校を見つけたらしい。それからはすごくやる気になっている。

「うん、まぁまぁ。B判定《はんてい》。この調子《ちょうし》でがんばりましょう、だって」

「おおっ、やったね！」

照《て》れ笑《わら》いをうかべ、アーヤは今度は前の席《せき》の万稚《まち》ちゃんを呼《よ》んだ。

「おーい、万稚《まち》ぃ、キミのほうはいかがでしたぁ？」

顔を上げた万稚《まち》ちゃん、ひとこと。

「S大附属中《ふぞくちゅう》、合格率《ごうかくりつ》八十パーセント以上《いじょう》。Aランク」

「さすが」

「まいりました」

そこで切りよく松永《まつなが》先生の声がかかった。

「さぁ、算数の授業《じゅぎょう》始めるぞ」

「はーい」

ウチらは模試《もし》の用紙を茶封筒《ちゃぶうとう》にしまった。

下がった成績《せいせき》は、もちろんショックだった。

けれど、その出来事以上《いじょう》に、今、ウチは気になっている。
模試《もし》の結果《けっか》が出たということは――
（八月のラブ♡偏差値《へんさち》も届《とど》いてる！）

♡ 4 八月のラブ♡偏差値《へんさち》

授業《じゅぎょう》が終わるのが待ちきれなかった。

塾《じゅく》の終了《しゅうりょう》時刻《じこく》になるやいなや、ウチは大急ぎで荷物をかたづけて、部屋から出ようとした。

と、

「春《はる》野《の》さん、ちょっといいかな」

松永《まつなが》先生に呼《よ》びとめられた。

「じゃーね、れんげちゃん」

「バイバイ」

そのあいだにアーヤも万稚《まち》ちゃんも帰っていってしまい、けっきょくウチは最後《さいご》、部屋に松永《まつなが》先生と二人で残《のこ》された。

ウチは先生の前に立った。

「近いうちに面談《めんだん》をしたいんだが、どうだろう」

先生が言った。

「面談《めんだん》、ですか。あ……はい」

来ると思った。

近ごろの塾《じゅく》でのウチのようす、それに今日の模試《もし》の結果《けっか》。先生になにか言われるだろうとはかくごしていた。

「お母さんにも来ていただいて――」

「えっ？　お母さんもですか？」

ウチの語調《ごちょう》にしぶる気持ちを察《さっ》したらしく、先生はすぐに提案《ていあん》しなおしてくれる。

「もちろん二者面談《めんだん》でもかまわないよ。どっちでも、春野《はるの》さんのいいほうで」

ウチはしばらく考え、

「できれば、先生と二人がいいな」

と返事をした。

松永《まつなが》先生には話せる気がする。大事な時期なのに集中できなくて、イライラしてることや、本当に受験《じゅけん》したいのかどうか、わからなくなっちゃってる今のウチの心《しん》境《きょう》……。相談できる人は、松永《まつなが》先生しかいない。

けど、ママがいっしょだったら……。

正直《しょうじき》にしゃべれないかもしれなかった。

なぜなら、ピアノやスイミング、ミニバスケ、これまでウチは、いろんなことを始めてはやめる、をくりかえしてきた。今回の受験《じゅけん》もどうせそうなるだろうと、内心、ママはたかをくくっていたと思う。「ほーら、ごらん、やっぱり」と腰《こし》に手をあてて言うに決まっている。

たしかにそうだけど。くやしい。

それに、そんなふうにママに言われたら、ウチも売り言葉に買い言葉で、「なら、いい！　ほんとにもうやめる！」と宣言《せんげん》しちゃいそうで、こわいんだ。

ここにきてまよいだしてはいるけれど、中学受験《じゅけん》は、ピアノやミニバスケのときとはちがう。決してちゅうとはんぱな思いつきで始めたんじゃない。ウチなりにせいいっぱい真剣《しんけん》なつもり。

まよっているのだって、あきたとか、いやになったとか……そういうことではなくて……、うーん、うまく言えないや。

とにかく、よく考えて、決めたいの。心がぐらついてる今はまだ、ママには話さないほうがいいと思うんだ。

「先生は、講義《こうぎ》の始まる前ならいつでもだいじょうぶだから。そうだな、三十分間くらいの予定で。都合《つごう》のいい日、選《えら》んでおいて」

「はい。わかりました」

茶封筒《ちゃぶうとう》の入ったバッグが、急にズシッと重たくなった。

（面談《めんだん》かぁ……。ウチだけみたい。やっぱり、この成績《せいせき》のせいかなぁ）

そうして、ウチは、もう一つ、おそらく気を重くするだろうテストの結果《けっか》を受けとるため、塾《じゅく》の裏庭《うらにわ》へと回った。

うっそうとしげる木々《きぎ》のあいだに、にょきっと白いポストが立っている。

中に手を入れると、あった、一通の封筒《ふうとう》。あてなには、パソコン文字で「春野《はるの》れんげ様」と書かれたシールがはってある。

これが、「ラブ♡偏差値《へんさち》」だ。

実学舎《じつがくしゃ》の塾生《じゅくせい》たちに代だい伝《つた》わる、秘密《ひみつ》のテスト。だれが主催者《しゅさいしゃ》なのかは不明《ふめい》なのだけど、模擬《もぎ》テストの日に恋《こい》のレポートを書いてこのポストに投函《とうかん》しておけば、模試《もし》の結果《けっか》がもどるのと同時に、ラブ♡偏差値《へんさち》も返ってくるというしくみ。

ウチは、先月、ラブ♡偏差値《へんさち》を受験《じゅけん》していた。

山下《やました》が好《す》きだと気づき、優奈《ゆうな》ちゃんのこと、水沢君《みずさわくん》のこと、イライラして家族に八つ当たりしちゃうことなど、紙にぶつけるみたいに、ぜんぶ書いた。自分がきらいだ、とも。

結果《けっか》は悪いに決まってる。

それでもウチはレポートを書いた。

すごく、すごく、こんらんしていて、書かずにはいられなかったんだ。

ラブ♡偏差値《へんさち》の入った封筒《ふうとう》を大事にかばんにしまい、ウチは家に帰った。

模試《もし》の茶封筒《ちゃぶうとう》をだまってママにわたすと、ウチはそのまま二階の自分の部屋へ上がった。

結果《けっか》についてあとでなにか言われるかもしれない。そのときは、そのとき。今は、にげるみたいにママからはなれる。
ベッドに腰《こし》をおろして、ラブ♡偏差値《へんさち》の封筒《ふうとう》をとりだし、ながめた。
一度、大きく深呼吸《しんこきゅう》。
(どんなに悪くても、ショックは受けないぞ)
自分にそう言いきかせながら、読みはじめた。

恋《こい》のテスト(八月)個人成績表《こじんせいせきひょう》

受験番号《じゅけんばんごう》　20/学年　小六/性別《せいべつ》　女/氏名《しめい》　春野《はるの》れんげ
総合順位《そうごうじゅんい》　33/83
男女別順位《だんじょべつじゅんい》　31/76
ラブ♡偏差値《へんさち》　56

総合評価《そうごうひょうか》

恋《こい》を通じて、自分自身と向きあえるのは、おとなになる階段《かいだん》を着実《ちゃくじつ》に歩《あゆ》んでいることのあらわれです。そういう時間のつみかさねが、あなたをより素《す》敵《てき》な人へと成長《せいちょう》させてくれるでしょう。

恋《こい》のひとことアドバイス

れんげさんのレポートには、こんらんしている現在《げんざい》の心境《しんきょう》が切実《せつじつ》につづられていました。これまでずっと友だちだと思っていた山下君《やましたくん》のことが好《す》きだと気がついて、とてもとまどっているのですね。おかしいですよね、自分の気持ちなのに、今までわからなかったなんて……。しかし、自分のことでもわからない、知らない部分はあるのです。

特《とく》に、恋愛《れんあい》は、心の底《そこ》にねむっている、べつの自分を引きだすきっかけとなる力をそなえたもののようです。その中には、受けいれたくない、いやな面もあるかもしれません。けれども、それもふくめて「自分」です。れんげさんは書いています。「いつでも、たった一つの本当の自分でいたい」と。

でも、さまざまなれんげさんがいて、そのどれもが本当のれんげさん。たった一つのれんげさんなどいないのではないでしょうか。人はいろんな面をあわせもつ、ふくざつな多面体《ためんたい》です。だからこそ、奥深《おくぶか》く、おもしろいのだと考えます。

そして、気持ちも同様です。心という器《うつわ》の中には、じつにたくさんの感情《かんじょう》がしまわれていて、さらにこんこんとわきでてくる、かれることのない泉《いずみ》のようです。心の泉《いずみ》の流れはつねに自由です。自然《しぜん》なことなのです。一度に二人を好《す》きになったり、親友の思いを知りつつ止められない感情《かんじょう》があることも。

そのことで、れんげさんが自分自身を責《せ》めることはないのだと思いますよ。

ただ、この先から、人としてのれんげさんが問われるのかもしれませんね。山下君《やましたくん》に対して、優奈《ゆうな》さんに対して、水沢君《みずさわくん》に対して、れんげさんがどのような行動を選《えら》びとっていくのか——見守っています。

最後《さいご》に、家族への八つ当たりを、れんげさんは気にしていますが、だいじょうぶ。きっとお母さんはわかってくれています。なぜなら、お母さんもそうやっておとなになってきたにちがいないから。成長《せいちょう》していく段階《だんかい》には必要《ひつよう》な感情《かんじょう》なのだと承知《しょうち》しているはずです。順番なのです。それよりも、れんげさんが自分をきらいになってしまうことのほうが、お母さんには悲しいんじゃないかな。


何度も、何度も、くりかえし読んだ。

ラブ♡偏差値《へんさち》は、いつだってウチに勇気《ゆうき》をくれる。
さまざまなウチがいて、そのどれもが本当のウチ。
たった一つのウチなどいない。
心は自由。
水沢君《みずさわくん》と山下《やました》の二人を同時に好《す》きになっても。
優奈《ゆうな》ちゃんが山下《やました》を好《す》きだと知っているのに、山下《やました》への気持ちを止められないのも——
自然《しぜん》なんだ。
しょうがない。
それでもかまわないの。
ウチは、ラブ♡偏差値《へんさち》の紙を胸《むね》にだいた。
自分自身をだきしめるみたいに——。

（決めた）

優奈《ゆうな》ちゃんに、本当の気持ち、伝えよう。

まずは、そこからスタートだ。

♡ 5 告白《こくはく》のおどり場

翌朝《よくあさ》もウチは優奈《ゆうな》ちゃんと登校した。待ちあわせ場所に優奈《ゆうな》ちゃんはもう来ていて、そのすがたを見たら、胸《むね》がドキドキしてきた。

「おはよう、れんげちゃん」

「お、おはよう。き、今日も暑いね」

「そう？　今朝はだいぶすずしい気がするけど。雨も降《ふ》ってきそうだし」

優奈《ゆうな》ちゃんの言葉どおり、空はくもっている。半そでから出た両腕《りょううで》をなでていく風がひんやりと感じられた。

「ほ、ほんとだ。今日はすずしい、すずし

いよ」

優奈《ゆうな》ちゃんはクスッと笑《わら》った。

「へんなれんげちゃん」

「アハハ……」

ウチもごまかし笑《わら》いをする。

(だめだぁ、こんなじゃ……)

優奈《ゆうな》ちゃんにうちあけようと決めたものの、いざとなるとむずかしい。すごく勇《ゆう》気《き》がいる。タイミングも、場所だって、重要《じゅうよう》。ゆうべのテレビの話をふるみたいに気軽には切りだせない。

「もう今日から六時限《じげん》だね。早起きがつらい。授業中《じゅぎょうちゅう》ねちゃったら、どうしよう」

「まさか。優奈《ゆうな》ちゃんにかぎって。山下《やました》じゃあるまいし」

言ってしまって、ハッとした。

（わっ、よりによって、なんで今、山下《やました》の名前を！　ウチの口のバカ！）

でも、もし、これをきっかけに、優奈《ゆうな》ちゃんが山下《やました》のことを話題にしたら……。

（話そう。思いきって）

「四時間目の体育、水泳の検定《けんてい》でしょう？　あたし、きっと受かんない。夏休みのプール、一回も行かなかった。れんげちゃんは行った？」

「ううん。ずっと塾《じゅく》だったもん」

さりげなく話をそらす、優奈《ゆうな》ちゃん。

ひょうしぬけすると同時に、ほっとした。心の準備《じゅんび》、まだちゃんとはできてなかったから。

だけど、いつまでもさけていられる問題じゃないことも、よくわかってる。

「あのね――」

とうとう、ウチは言った。

「話があるんだ。大事な……。お昼休み、だいじょうぶ？」

「うん、わかった、だいじょうぶ」

と承知《しょうち》したきり、優奈《ゆうな》ちゃんはなにもたずねてこなかった。

それからは二人ともだまりがちだった。会話ははずまず、おたがいにうわの空のまま、気がつけば学校に到着《とうちゃく》していた。

教室へ入った優奈《ゆうな》ちゃんは、山下《やました》の席《せき》の横を通ったとき、

「おはよう」

と、あいさつをした。

まるで聞こえなかったみたいに山下《やました》はスルー。完全無視《かんぜんむし》は今日も続《つづ》くらしい。おそらくウチに対しても。

優奈《ゆうな》ちゃんは勇気《ゆうき》あるな、と思う。

ウチにはできない。

わざわざ遠回りして、山下《やました》の近くを通らずに席《せき》へ向かった。

昼休みになるまで落ちつかなくて、(あぁ、早く……)と、思った。そのくせ、いよいよ近づいてくると、黒板の上のかけ時計をながめ、(ここで時間が止まればいいのに)と考えてしまう。

そして本当に昼休みになった。

給食《きゅうしょく》のあとかたづけを終えると、優奈《ゆうな》ちゃんはまっすぐウチのところへやってきた。

「どこ行く?」

「うーんと……どうしようか」

なるべく人目につかなくて、静《しず》かに話ができる場所……。

「告《こく》り場に行く?」

「えっ？」

思わず優奈《ゆうな》ちゃんの顔を見た。

校舎《こうしゃ》は三階建《がいだ》てだけど、屋上へ出るための階段《かいだん》が西側《にしがわ》のつきあたりにだけある。階段《かいだん》の先は、カギのかかった重いとびらがしまっていて、行き止まり。ふだんめったに人の通らない、うす暗いこのおどり場に、ごくまれにだれかのかげがちらつくとき、それはたいてい秘密《ひみつ》の話をしている場面。たとえば、告白《こくはく》とか。だから、だれが呼《よ》んだか、告白《こくはく》のおどり場、《告《こく》り場》。

（告《こく》り場へ行こうだなんて、優奈《ゆうな》ちゃんは、ウチが話そうとしている内容《ないよう》を、もうわかってるんじゃ……？）

「大事な話なんでしょう？」

ダメおしみたいに優奈《ゆうな》ちゃんが言った。

けれども、来てみて、ウチは後悔《こうかい》した。

ここは、はなれこじまのように奥《おく》まっていて、秘密《ひみつ》のにおいがぷんぷん。まさしく「告白《こくはく》のおどり場」だ。いやがおうにも緊張《きんちょう》が高まってきてしまう。

どうしていいかわからず、キョロキョロしていると、

「すわろうか」

と、優奈《ゆうな》ちゃん。

ウチらは、がんじょうなとびらを背《せ》に、床《ゆか》に体育ずわりでしゃがんだ。

すると、

「キャッ」

小さな悲鳴をあげ、優奈《ゆうな》ちゃんがすぐさま立ちあがる。

「なに？」

「クモ！　そこ！　クモがいるの」

「あぁ」

ウチもクモは好《す》きじゃないけど、手すりのかべに止まっていたのは、よく見つけたなと思うほど小さなクモだった。ポケットからティッシュをとりだしてクモをつつみ、階段《かいだん》の下方へ向け、はらいおとす。

「だいじょうぶだよ。もういないよ」

「ありがとう」

優奈《ゆうな》ちゃんは虫が大の苦手《にがて》。蚊《か》でさえこわがる。

ふと思いだした。似《に》たようなこと、少し前にもあったっけ。夏休みの終わり、ウチが優奈《ゆうな》ちゃんを公園に呼《よ》びだしたとき。ウチは優奈《ゆうな》ちゃんに問いただしたんだ。

「山下《やました》が好《す》きなの？」と……。

そのウチが、今度は、自分が山下《やました》を好《す》きだとうちあけようとしている。

バカな話。自分の心もわかってなかったなんて。もっと早く、気がついていれば……。

（こんなややっこしいことになってなかったかな？　山下《やました》をおこらせることも、優《ゆう》奈《な》ちゃんを傷《きず》つけることも……）

「話って？」

優《ゆう》奈《な》ちゃんにたずねられ、われに返った。

優《ゆう》奈《な》ちゃんのとなりにすわりなおして、考える。

（どう話せばいい？　素《す》直《なお》に、正《しょう》直《じき》に、心をこめて――）

「ええとね、優《ゆう》奈《な》ちゃんに、聞かれたでしょ、公園で。山下《やました》のこと、ウチはどう思ってるのか、って」

「うん。聞いた。そしたら、れんげちゃん、答えたよね、好《す》きじゃないって」

「あ……」

「だから、あたしをおうえんしてくれるとも言った」

「……うん」

「山下《やました》とあんまり仲《なか》よくしないでっていうお願《ねが》いもきいてくれた。約束《やくそく》してくれた。信《しん》じていいって、れんげちゃん、あのとき、はっきりあたしに宣言《せんげん》した」

言葉をのみこんだ。

うなずくしかなかった。そのとおりだもの。ぜんぶウチが言ったこと。

ウチはうつむいた。

（言えない。今さら。ウチも山下《やました》が好《す》きなんて、言えるわけないよ）

と、

「好《す》きなの？　山下《やました》のこと」

おどろいてふりかえるウチと、優奈《ゆうな》ちゃんの目があった。

とっさにそらしたくなる。

（ダメ！　優奈《ゆうな》ちゃんを見て、ちゃんと言うんだ）

「うん。好《す》きだったみたい。ずっと前から。自分では気づかなかったけど……」

やっと、言えた。

優奈《ゆうな》ちゃんは――

ふぅーっと長いため息をついた。タバコの煙《けむり》をはきだす、おとなの女の人のようだった。

「だと思った。あたしはわかってたよ、れんげちゃんの気持ち。れんげちゃんは、たぶん、あたしよりももっと先に山下《やました》を好《す》きだったよ。で、山下《やました》も……」

優奈《ゆうな》ちゃんの最後《さいご》のほうの声は小さくて、よく聞きとれなかった。

「え？」

たずねかえすと、

「ううん、なんでもない」

優奈《ゆうな》ちゃんは首を横にふり、続《つづ》けた。

「だから、あたし、かくにんしたじゃない？　何度も。なのに、れんげちゃんは」

「ごめん」

優奈《ゆうな》ちゃんの目はおこってるみたいに冷《つめ》たくて、口調《くちょう》もきびしい。初《はじ》めて見る優《ゆう》奈《な》ちゃんのべつの顔だった。

「知ってた、あたし。知ってて、あんなことたのんだの。山下《やました》と仲《なか》よくしないでとか、おうえんしてとか……。きっとれんげちゃんはつらいとわかっていながら」

いったん言葉を切る、優奈《ゆうな》ちゃん。しせんを落とし、床《ゆか》をにらみつけながら言う。

「だけど、あやまらないよ。だって、あたしだって……」

優奈《ゆうな》ちゃんの声がつまる。

「つらかったもん。れんげちゃんがいつまでたっても自分の気持ちに気づかないから。あたしに協力《きょうりょく》するなんて約束《やくそく》するから……。どうしていいかわからなかった。自分のいやなところいっぱい見つけちゃって……。勉強にも集中できなくなるし」

（優奈《ゆうな》ちゃん……）

ウチといっしょだ。優奈《ゆうな》ちゃんも、ウチと同じように苦しんでいた。苦しめちゃっていたんだ。ウチのせいで――。

「……ごめん……」

心がもれだすように、ウチはつぶやいていた。

「だからことわったの、花火。れんげちゃんがどんな思いでいるか想像《そうぞう》できたから。れんげちゃんの気持ち知ってて、協力《きょうりょく》してもらって、とりつけた約束《やくそく》だったから。自分の力じゃないから。そんなの、あたし、いやだったから。『花火には行けない』って、山下《やました》に電話したの」

「……そうだったんだ……」

「けど、それで山下《やました》をおこらせちゃったみたい。新学期が始まったら、山下《やました》、あたしと口きいてくれない。そりゃそうよね。こっちからさそっておいて、今度はことわったり、さんざん山下《やました》のことふりまわしちゃったんだもの。おこって、あたりまえだよ」

「ウチもだよ。ウチも、ずっとムシされつづけてる」

二人でしばらくだまった。両腕《りょううで》でかかえたひざの上にあごを乗せたまま……。校舎内《こうしゃない》はしんっとしていた。ときどき、だれかの話し声がろうかからひびいてくるくらい。

「れんげちゃんの気持ちはわかりました」

あらたまった言葉づかいで優奈《ゆうな》ちゃんが言った。

「ま、前からわかってたけど。……でも、あたし、やめないよ。山下《やました》を好《す》きでいること。今はおこらせちゃってても、きっと許《ゆる》してもらって、仲直《なかなお》りする」

「うん」

「れんげちゃんも、よね？」

「えっ？」

「やめないから、あたしに話したんでしょう？」

ウチは優奈《ゆうな》ちゃんの顔を見つめる。

そうか……。

そうかもしれない。

こくんっとうなずいた。

「ライバルだね。それはみとめるよ。でも――」

とつぜん優奈《ゆうな》ちゃんは立ちあがった。

「もう、これまでみたいにはつきあえない。絶交《ぜっこう》じゃないけど。ふつうにしゃべるけど。いっしょに学校行ったり、休み時間に遊んだり、そんなふうに仲《なか》よくは……ムリ。しばらく親友やめよう、あたしたち……」

「……うん……。わかった……」

「ごめんね」
階段《かいだん》をかけおりていく、優奈《ゆうな》ちゃん。
（あやまらないって言ったのに）
やっぱり、優奈《ゆうな》ちゃんはあやまった。
（そういう人なんだ）
優奈《ゆうな》ちゃんの消えた空間をぼんやりとながめた。
すごく大事なものをなくしちゃったような気がした。

♡ 6 まよい道

いつもよりも三十分早く塾《じゅく》へ来て、自習室で、ウチは、松永《まつなが》先生と面談《めんだん》をしていた。

自習室というのは、玄関《げんかん》のすぐ右手にある和室のこと。中央の真四角な、冬にはコタツになるテーブルに、松永《まつなが》先生と向かいあってすわっている。

「ちょうど一年ほど前だなぁ、春野《はるの》さんが実学舎《じつがくしゃ》に入ったのは」

あごひげをなでながら、松永《まつなが》先生が言った。

ウチはうなずく。

去年の秋に優奈《ゆうな》ちゃんにさそわれて、な

んの気なしに出かけた桜蘭女学院《おうらん》の文化祭。帰るころには心に決めていた、この学校に通いたい、中学受験《じゅけん》をしよう、と。

さっそく塾選《じゅくえら》びからスタートしたけど、優奈《ゆうな》ちゃんも行ってる大手の塾《じゅく》のふんいきにビビッてしまい、いきなりざせつしそうになった。そんなとき、ママがしょうかいしてくれたのが、実学舎《じつがくしゃ》だった。前に取材《しゅざい》でおとずれたんだって。ご近所のお母さんたちのクチコミで評判《ひょうばん》が高かったらしい。

「春野《はるの》さんの志望校《しぼうこう》は、桜蘭《おうらん》女学院。本当に、そこ以外《いがい》、受けるつもりないの？　模試《もし》の志望校記入《しぼうこうきにゅう》も、第二、第三、いつも空欄《くうらん》だけど」

「はい。……ダメ？　一つじゃ、マズイ？」

机《つくえ》の上には資料《しりょう》や筆記用具さえも置《お》いてなくて、松永《まつなが》先生はあぐらをかいてるし、しんせきの家にでもいるよう。面接《めんせつ》というより雑談《ざつだん》っぽくて、ついタメ口をきいてしまうほどウチはリラックスしていた。

「いや、問題ないよ、まったく。行きたい学校があるってのはいいことだよ。だから、がんばれるんだよな。あと一歩のところまで来てる。うん、ここまでよくがんばった」

「でも、八月の模試《もし》は悪かったです。合格判定《ごうかくはんてい》もCランクに下がっちゃった。せっかくBまで上がってたのに」

すると、先生は笑《わら》って言った。

「模試《もし》の結果《けっか》はそう気にすることないさ。一つの目安《めやす》でしかない。試験慣《しけんな》れすることと、今の自分の弱点を見つけること、その程度《ていど》に考えてればいい。ただ――」

来た、と思って、ウチは居住《いず》まいを正した。ここからがたぶん本題だ。

「どうも、夏期講習以降《こうしゅういこう》、春野《はるの》さんの気力が落ちてるんじゃないかと思ってな」

案《あん》の定《じょう》、先生は最近《さいきん》のウチのやる気のなさを指摘《してき》してきた。やっぱり見ぬかれていた。心配かけちゃってるみたい。

「つかれたか？　ずっと人一倍いっしょうけんめいだったもんな。無理《むり》もないが」

ウチは首を横にふった。

「ううん。へいき。ちょっとはつかれてるけど……、そういうことじゃないんです。……なんて言うか……、自分でもよくわかんないんだけど……」

ぽつり、ぽつりと、ウチは話しだした。

「やらなきゃいけないというのは、わかってるんです、すごく。なのに、どうしても集中できないの。勉強してるとイライラする。そういう自分にも腹《はら》が立つし……」

先生はだまって聞いてくれている。

「もしかしたら、桜蘭《おうらん》に行きたいかどうかの気持ちもあやふやになってきちゃってるかも。前はぜったいに入りたかったのに。なんで、そんなふうに思ってたのかさえ、もう、わかんない。……あのね、先生、勉強がいやになったとか、受験《じゅけん》からにげだしたいとか、そういうんじゃないんだ。信《しん》じてください」

目で「うん」と、応《おう》じる、先生。

「なんて言うか、いいのかな、って。今しかできないことがあるんじゃないかって」

「今しかできないこと……？　たとえば？」

「ううん。特別《とくべつ》なことじゃないの。友だちと遊ぶとか、学校の行事にいっしょうけんめいとりくむとか……。塾《じゅく》や受験《じゅけん》があるとどうしても思いっきりは参加《さんか》できないです。本当はもっと友だちと遊びたい。そりゃ、受験《じゅけん》が終われば遊べるだろうけど、小学生の時間はもどってこないです。その時間をたくさん使ってまで受験《じゅけん》したいのか……。だけど、それが受験《じゅけん》なんだよね。ウチ、わかってなかった。あまかったんだと思います」

胸《むね》の前で腕《うで》を組んだまま、松永《まつなが》先生は考えていた。

やがて、先生の口から出たのは意外な提案《ていあん》だった。

「じっくり考えてごらん。しばらく受験《じゅけん》勉強は中断《ちゅうだん》しよう。塾《じゅく》もお休みだ」

「えっ!? でも、間にあわなくなる……」

「いや、だいじょうぶさ。たしかにここから先の受験《じゅけん》勉強はこれまでにも増《ま》してきびしい。だからこそ、本人の強い意志《いし》と熱意《ねつい》がなければ乗りこえられないんだ。それに、中途半端《ちゅうとはんぱ》なかくごでダラダラ続《つづ》けても、学習は身につかないよ。きちんと考えた末《すえ》の決意なら、そのときにはぐんっとのびるはずだ。数日のおくれなんかとりかえせる」

「はい」

ウチは納得《なっとく》した。

「ところで、今みたいな話、お母さんにはしたかい?」

「ううん」

「話しなさい。いつの時期の受験《じゅけん》も孤独《こどく》な戦《たたか》いではあるが、まだ中学受験《じゅけん》にはいっしょに戦《たたか》ってくれる味方がいる。それがおうちの人だよ。家族の協力《きょうりょく》は大きくて、不可欠《ふかけつ》だ」

そうしめくくられ、面談《めんだん》は終了《しゅうりょう》した。


ママに話せないのは、本当言うと、くやしいからじゃない。

受験《じゅけん》したいと最初《さいしょ》に宣言《せんげん》したとき、とうぜんママは大反対するだろうとウチは思ってた。でも、しなかったの。「やってみなさい」と言った。「サポートする」とも。よその親のように熱心《ねっしん》な協力《きょうりょく》のしかたではなかったけど、帰りがおそいことを心配したり、体を気づかったり、ママなりのおうえんをしてくれていた。

ママの本心はわからない。ウチに受験《じゅけん》させたいのか、させたくないのか。だけれども、ウチが決めたのなら、好《す》きなようにすればいい、ママもパパもそういう考えみたい。心配性《しんぱいしょう》で過保護《かほご》なところもあるけど、放任主義《ほうにんしゅぎ》っぽくもある。かんじんな部分では、ウチら子どもでも本人の意志《いし》が尊重《そんちょう》される。

だから期待にこたえたかった、っていうのかな。がっかりさせたくないのかも。

自分で決めたこと、ちゃんと最後《さいご》までやりとおしてみせたかった。

けど、話さなきゃ。次回から塾《じゅく》へ行かなくなるんだし、かくしてはおけない。

それに、もう、自分一人で決めるの、しんどい。大事なことまかされるのって、子どもには苦しい。松永《まつなが》先生に言われて、ほっとした。もっと親にたよってもいいんだと、肩《かた》から力がぬけた感じがした。

家へ帰ると、ウチはまっすぐリビングへ進み、ママに言った。

「話があるんだけど、いい？」

キッチンで洗《あら》いものをしていたママは、水を止めた。手をふきながら、樹《いっき》をふりかえる。

「樹《いっき》、おふろに入ってきなさい」

テレビのバラエティー番組にむちゅうな樹《いっき》は、

「うん。あとでね」

と、生返事《なまへんじ》。

「今入らなきゃ、また、ねむくなるわよ。すぐ、入りなさい」

「えー、せっかくいいとこなのに」

文句《もんく》を言いつつも、しぶしぶ、樹《いつき》はおふろへと向かった。

テレビを消して、ママがダイニングテーブルのイスにすわった。

「おつかれ。今日はいつもの時間より早く塾《じゅく》へ行ったけど、なにかあった？」

さすが、ママ。出がけにはだまっていたくせに、かんづいていたらしい。でも、これでかえって話しやすくなった。ウチも自分の席《せき》につく。

「うん、面談《めんだん》だったの」

松永《まつなが》先生にうちあけたこと、ウチはママにも伝《つた》えた。二回目だったから、スムーズに説明《せつめい》ができた。

ママはたまに口ははさむけど、たいていはだまって聞いてくれていた。松永《まつなが》先生と同じように。

最後《さいご》まで話しおえて、ウチはママの反応《はんのう》をうかがった。

(なんて言うだろう。ため息つかれちゃうかな)

スッとイスをひき、ママが立ちあがった。電話やパソコンや家の書類《しょるい》やらがおさまっているリビングのコーナーから、紙を持って、もどってくる。その紙を、ウチの前へ置《お》いた。

『桜蘭《おうらん》女学院・文化祭のご案内《あんない》』という文字が目にとびこんできた。

「行ってみない?」

と、ママ。

「ちょうど今週の土日だって。もう一度行ってみて、考えようよ」

「どうしたの、これ」

「パソコンで、ちょっとね。学校のホームページ、プリントアウトしたの」

ウチは用紙を手にとってながめた。

「ショッピングでもさ、買おうかやめようかってまよったときには、いったん売り場からはなれて、最後《さいご》にもう一度見にいく。で、やっぱりほしかったら、それは買ってまちがいなし。時間をおいて二度見るのは買い物の鉄則《てっそく》よ」

「買い物と受験《じゅけん》いっしょにしないで」

口をとがらせたけど。

(ママは……)

気にして、調べてくれていたんだ——。

胸《むね》の奥《おく》がじわっと熱《あつ》くなった。

「今回はわたしも行くわね。私立《しりつ》のミッションスクール、見てみたかったんだ。そのうち、女子校を舞台《ぶたい》にした話を書こうかと思って」

「なぁんだ。取材《しゅざい》？」

「ちがう。ついでよ、ついで」

「どうだか」

うたがわしげなしせんを向けても、ママの本当の気持ちは、ウチにだってわかっている。

ありがとう、と言いたかった。

でも、言えなくて……。

二階の部屋へ引きあげかけたウチを、ママが呼《よ》びとめた。

「れんげ」

「うん？」

「ありがとう。相談してくれて。受験《じゅけん》するとしても、やめたとしても、ママはれんげの味方だからね」

松永《まつなが》先生の言うとおりだった。

優奈《ゆうな》ちゃんとは、あれから、話らしい話をしていない。

登下校はべつべつだし、休み時間をいっしょにすごすこともなくなった。

優奈《ゆうな》ちゃんもふくむおしゃべりの輪《わ》にウチがくわわると、いつのまにか優奈《ゆうな》ちゃんのすがたは消えてる。ウチは気にしてないつもりだけど、知らず優奈《ゆうな》ちゃんの近くによるのをさけるようになっていた。

そんなウチらのようすに、周囲《しゅうい》が気づかないわけがなかった。ウチと優奈《ゆうな》ちゃんは親友だと、みんなが思ってるのだから。

とうとう、ウチはたずねられた。前の席《せき》のミキちゃんに。一時間目と二時間目のあいだの五分休みだった。

ミキちゃんは後ろ向きにイスにまたがって、ウチの机《つくえ》に声を落とすみたいに聞いてきた。

「ねぇ、れんげちゃん。優奈《ゆうな》ちゃんとケンカしてるの？」

「ううん、してないよ」

「けど、最近《さいきん》あんまりいっしょにいないじゃん」

「そんなことないよ」

「なんかあったんじゃないかって、みーたんやナオも心配してるよ」

「なんにもないって。本当だよ。心配しないで」

「なーんか、へんだけどなぁ」

上目《うわめ》づかいにウチを見た、ミキちゃん、

「そう言えば」

と続《つづ》ける。

「山下《やました》ともへんだよねぇ。ケンカしなくて」

「三角関係《かんけい》じゃね？」

と言ったのは、金田《かねだ》。ウチらのヒソヒソ話を、ミキちゃんのとなりの席《せき》の金田《かねだ》は、こっそり聞いていたらしい。

「ウソッ！　そうなの!?」

ミキちゃんまで。

「金田《かねだ》！　いいかげんなこと言わないで！」

ウチのさけび声に、

「なに？」

「どうしたの？」

すぐさま周《まわ》りが反応《はんのう》した。

「山下《やました》と春野《はるの》と鈴木《すずき》が三角関係《かんけい》だって！」

「えぇー、マジィ？」

「マズイじゃん」

「翔《かける》、モテモテ！」

「ちがう！　デタラメ！　ウソよ、そんなの！」

みんなの声をかきけそうとするようにウチは両手をバタバタさせた。

「本人に聞いてみる？」

と、だれかが。

（えっ!?）

「おーい、翔《かける》！　春野《はるの》と鈴木《すずき》に告白《こくはく》されたの？」

クラス中のしせんが山下《やました》にそそがれた。ウチも。

けれど、その質問《しつもん》を、山下《やました》はムシ。

「シカトすんなよ。おまえら、三角関係《かんけい》って、ホント？」

ニタニタともクスクスともつかない、しのび笑《わら》いがひろがった。

「なぁ、翔《かける》ってばぁ」

「つるせえっ!!」

机《つくえ》をドンッとたたく音に、いっしゅん、教室内の空気がこおった。

「やめてくれよ。そういう話――、うんざりなんだよっ！」

山下《やました》のどなり声は、ウチの全身をつらぬいた。

見ると、稲妻《いなずま》に打たれたみたいに優奈《ゆうな》ちゃんも、うなだれていた。

♡ 7 転校生

それっきり、クラスのみんなも、ウチらの関係《かんけい》についてからかうようなことは言わなくなった。山下《やました》の前では、特《とく》に。

まるではれものをあつかうみたいに、ウチと優奈《ゆうな》ちゃんの話題をさけてるのが見てとれる。あんなふうに山下《やました》がキレるのって、めずらしい。それだけにインパクトがあったんだと思う。

だけれども、ぜったいに三人のようすはおかしいと、だれもが感じている。感じてても口には出さない。教室にはなんとなくよそよそしい空気がただよっていて、息苦しいふんいき。そのきっかけをつくった張本人《ちょうほんにん》は、もちろん……。ますますウチは肩身《かたみ》がせまかった。

ミキちゃんだけは、ちょくせつウチに向かって、

「なにがあったか知らないけど、仲直《なかなお》りしなよ。れんげちゃんと優奈《ゆうな》ちゃんがペアでいなきゃ調子《ちょうし》くるっちゃうし、れんげVS翔《かける》のバトルがない六の二なんて、ぜんぜんもりあがんないよ」

と、くったくなく言ってきてくれるけど、

「ケンカしてないよ。なんでもないの」

ウチは見えすいたウソをつきとおす。

ミキちゃんのやれやれという表情《ひょうじょう》に、心の中であやまりながら……。

ところで、そんな状況《じょうきょう》でも、優奈《ゆうな》ちゃんは、優奈《ゆうな》ちゃんのやり方で、山下《やました》の怒《いか》りをとくための努力《どりょく》を続《つづ》けていた。それは、とにかくわかってもらえるまでねばり強

く接《せっ》するという方法《ほうほう》。

毎朝かならず優奈《ゆうな》ちゃんは山下《やました》の横をすりぬけて自分の席《せき》へ行く。そして、かならず「おはよう」と声をかける。

帰りも同じ。「バイバイ」って。

山下《やました》からの返事はない。

それでもこりずに翌日《よくじつ》も優奈《ゆうな》ちゃんはあいさつをする。

話しかけるときもある。

「宿題やってきた？」とか、「今日の給食《きゅうしょく》、かやくごはんだね」とか。

どの場合も山下《やました》は、聞こえていないかのように相手にしないけど。

一度、優奈《ゆうな》ちゃんが立ちさったあと、そばにいた男子が見かねて、山下《やました》に言った。

「いいのかよ」

山下《やました》はひとこと。「なにが？」

その声は、はなれた場所から一部始終《いちぶしじゅう》を、見ないふりして見ていたウチの心まで
ヒヤッとさせるほど、冷《つめ》たかった。
優奈《ゆうな》ちゃんは強い。
傷《きず》ついてないはずがないのに、平気な顔でいる。
ウチはダメだ。
山下《やました》がこっちをさけているとわかっていて、近づくなんて……
できっこない。
おくびょうなんだ。傷《きず》つくのがこわい。
だって、山下《やました》にこんなふうな態度《たいど》とられたこと、今までになかったもん。
カッコ悪い、という思いもあるのかなぁ。
プライドが高いし、意地っぱり。
なかなか山下《やました》への自分の気持ちに気づかなかったのも、そういう性格《せいかく》がわざわい

したのかもしれない。

優奈《ゆうな》ちゃんとも山下《やました》ともぎくしゃくした学校生活のまま、新学期の最初《さいしょ》の一週間が終わろうとしていた。

金曜日の昼休みのことだった。

ウチは借《か》りてた本を返しに図書室へ行き、そのあと、ミキちゃんたちの大なわとびにくわわるつもりで、校庭に向かい、ろうかを歩いていた。

優奈《ゆうな》ちゃんは今ごろみーたんと折《お》り紙《がみ》遊びをしていると思う。教室を出るとき、みーたんの机《つくえ》の上で折《お》り紙《がみ》をひろげている二人のすがたを見かけたから。

二階の階段《かいだん》の入り口で、担任《たんにん》の岡田《おかだ》先生とはちあわせになった。先生は大きな段《だん》ボール箱をかかえてる。

「なに、先生、それ」

ウチがたずねると、

「五時間目の理科で使う教材《きょうざい》だよ」

岡田《おかだ》先生が教えてくれた。

「今日の実験《じっけん》は楽しいぞ。砂遊《すなあそ》びだ」

「本当!?」

と、スピーカーが鳴りだした。校内放送が流れる。

「岡田《おかだ》先生、岡田《おかだ》先生。お電話が入っております。しきゅう職員室《しょくいんしつ》へおこしくださ
い」

「やっ、いかん、電話だとさ」

かかえた段《だん》ボール箱と、ウチとを、交互《こうご》にながめる先生。

「春野《はるの》、たのめるかな。これを砂場《すなば》に運んどいてほしいんだ、が……」

語尾《ごび》がはっきりしないのは、ムリな仕事かも、と、先生自身にもまよいがあるせ

い。それくらい、段《だん》ボール箱は大きい。

「おおっ、ちょうどいいところへあらわれた！」

岡田《おかだ》先生と同じ方向を見やったら　階段《かいだん》の下方から上がってきたのは――。

「山下《やました》！　この箱を春野《はるの》と二人で砂場《すなば》まで持ってってくれ」

「えっ⁉」

とつぜんのできごとに、さすがの山下《やました》もうろたえているようす。

が、岡田《おかだ》先生は段《だん》ボール箱をその場に置《お》いて背中《せなか》を見せる。

「え？　え？」

「たのんだぞ。あ、ていねいにあつかえよ。落とすと割《わ》れるからな」

「やだよ。困《こま》るよ。ちょっと！　先生！」

山下《やました》のうったえなどおかまいなしに、岡田《おかだ》先生はいたずらが見つかった子どものようなにげ足で、立ちさった。ろうかを走らない決まりはどこへいったやら。

「なんなんだよ、ったく……」

ため息まじりに先生の後ろすがたを見送って、山下《やました》がこっちを向いた。ウチと目があう。あわててどちらからともなくしせんをそらした。

「こんなもん――」

段《だん》ボール箱を山下《やました》が持ちあげる。

「一人で――」

長方形の箱の短い方の側面《そくめん》を胸《むね》の前にすると、かかえた両腕《りょううで》が長い方の側面《そくめん》のはじまで届《とど》かず、不安定《ふあんてい》な持ち方になってしまう。山下《やました》はいったん箱を下ろし、今度は長い方の面を胸《むね》にかかえなおした。

「じゅうぶん運べるぜ」

かかえたことはかかえたけど、山下《やました》の両腕《りょううで》は横いっぱいにひろがっている。おまけに、箱にさえぎられ、ほとんど前が見えない状態《じょうたい》。

えんりょがちにウチは言った。

「ムリだよ。この箱は小学生には一人じゃ持てないよ」

「ちくしょう、いったいなにが入ってるんだ」

フタをあけてみる、山下《やました》。

ウチをムシしているかどうかの判断《はんだん》はつかなかった。

段《だん》ボールの中には、とうめいなプラスチックでできた細長いケースなどの部品がいっぱい。

「理科の実験《じっけん》道具だって。そういえば、前回の授業《じゅぎょう》の終わりに、次は川の流れを勉強するって、先生言ってたよね。たぶん、そのための実験装置《じっけんそうち》だと思う」

ふたたび小声でウチは説明《せつめい》した。

「しょうがねぇなぁ」

山下《やました》は、箱の小さい方の面の、右側《みぎがわ》の、はじとはじに両手をかけた。

チラッとウチを見て、次に、箱の小さい方の面の、左側《ひだりがわ》、つまり山下《やました》の手がかかっているのとは反対側《はんたいがわ》を見る。そして、あごをしゃくった。「そっちを持て」ということらしい。

ウチはうなずき、したがった。

思いのほか、段《だん》ボール箱は軽い。ひょうしぬけするほど。このばかでかさささえなきゃ一人でも持てるのだろうけど、ウチは感謝《かんしゃ》していた。

（おかげで山下《やました》と話せるかもしれない）

二人で箱を運びながら、階段《かいだん》を下りる。

箱をはさんで、山下《やました》とならんで歩いている。

きんちょうのためか、ウチはあやうく階段《かいだん》をふみはずしそうになった。いっしゅん、箱から手をはなしてしまう。山下《やました》がとっさに箱をささえ、どうにか落とさずにすんだ。

「ごめんなさい」

チッ、と、山下《やました》が舌打《したう》ちしたのが聞こえた。ウチの体がキュッとちぢんだ。

階段《かいだん》を下りきり、外へ出るため、しょうこうぐちでくつをはきかえた。

今日にかぎって、ウチはひもぐつ。マジックテープのスニーカーだったらすぐにはきかえられたのに。さっさとくつをはいて待ってる山下《やました》がまた舌《した》を鳴らすんじゃないかと、ウチはひもを結《むす》ぶ手がもどかしくてならない。やっとはきおえ、山下《やました》のもとに走った。

「ごめんなさい」

山下《やました》は無言《むごん》で段《だん》ボールの片側《かたがわ》を持ちあげた。ウチも反対側《はんたいがわ》を。

歩きだしてまもなく、

「ごめんって言うな」

山下《やました》が前を向いたまま、はきだすみたいに言った。

「さっきから、ごめん、ごめんって……。おまえらしくなくて、気味が悪い」

「ごめんなさい」

と言って、ウチはまた、

「あ、ごめんって言っちゃった。ごめん」

「それ！」

「……ごめん。でも……。山下《やました》、おこってるでしょう、だから、つい……」

「あぁ、おこってるよ。オレはおこってるからおまえらと口きかない。けど、おまえはなんなんだよ？　おまえもおこってんのかよ」

「えっ？　ウチ？　ウチはなんにも。おこってなんか……」

「じゃ、なんで話しかけてこないんだよ。鈴木《すずき》はくるのに」

「だって、話しかけても、山下《やました》、ムシするでしょう？」

「するよ。するに決まってんじゃん、オレはおこってんだから！」

「だから、ウチも」

「なんでだよっ。おこってないおまえまでシカトするって、おかしいだろう?」

山下《やました》の言ってることは、めちゃくちゃ。

めちゃくちゃだけど。

(それって、山下《やました》に話しかけてもかまわないってこと——?)

砂場《すなば》は南のすみっこにある。ウチらはサッカーゴールの裏《うら》を通って、まっすぐ砂《すな》場《ば》に向かっていた。

昼休みの校庭には人がいっぱいだ。朝礼台の前あたりに大なわとびをしているミキちゃんたちのグループ。でも、遊びをやめて、みんなでこっちを見てる。きっとウチと山下《やました》のツーショットに興味《きょうみ》しんしんなんだと思う。かけよってくるかもしれない。

(お願《ねが》い、来ないで)

ウチは祈《いの》った。

(だって、今なら、話せそうなんだもの。山下《やました》にあやまれそうなの)

願《ねが》いが通じたのか、ミキちゃんたちは遊びを再開《さいかい》させた。こちらへ来そうな気配《けはい》はぜんぜんなかった。

山下《やました》の横顔をながめ、大きく息をすいこんだ。

はきだすと同時に、ウチは言った。

「山下《やました》、これまで、いろいろ、ごめ――」

「翔《かける》ーっ！」

名前を呼《よ》ばれて、山下《やました》はふりかえった。その顔がたちまちニヤッと笑《わら》った。

「おぅ。りょう！」

ウチも山下《やました》のしせんの先を追って見ると、そこには知らない女子がいた。

ううん。なんとなく知ってるような……。

思いだした。転校生だ。一組に入った……。

「翔《かける》、聞いて、聞いて！」

転校生は山下《やました》のとなりにピタリとはりついた。

「最近《さいきん》さ、大輝《だいき》といっしょに素振《すぶ》り始めたんだ」

「へぇ、何回？」

「朝五十回、夕方五十回の合計百回。スゴイだろ？」

「オレは、朝百、夜二百の、一日三百」

「ウソッ！　やっぱ翔《かける》にはかなわないや」

ずっとついてくる、転校生。山下《やました》とは男同士《どうし》の友だちみたいに親しげ。

「けど、素振《すぶ》りは回数じゃないんだぜ。きちんと基本《きほん》に忠実《ちゅうじつ》にスイングしてるか？

そこが大事なんだぞ」

「だったら、翔《かける》、フォームのチェックしてよ」

「オーケー。明日の練習の前にな」

「明日じゃおそい。今だよ」

「今ぁ？　バットないじゃん」

「ほうきを使えばいいよ。早く！　早く！」

「待てよ。オレ、これ、砂場《すなば》に運ばなきゃいけねぇんだ」

「運んだら、見てくれるんだね？　なら、手伝《てつだ》う」

と言うと、転校生は初《はじ》めてウチのほうを向いた。それまで、まるっきりウチには目もくれなかったのに。

「あとは、りょうが翔《かける》と運んどくから」

「えっ？」

この子の言ってることが、のみこめない。

「あんた、もう、いいよ。かわって」

ぼう立ちだったウチの体は軽くおされただけで、あっさりと、今までのポジションを転校生にゆずっていた。

「あ、けっこう軽い。中身、なに？」

「理科の実験《じっけん》道具だと」

「じゃあ、そのうち一組でもやるね」

目の前に、段《だん》ボール箱を協力《きょうりょく》して運ぶ、二人の背中《せなか》が見える。


チャイムが鳴り、席《せき》についたミキちゃんにさっそくウチはたずねられた。

「昼休み、山下《やました》といっしょにいたよね？　仲直《なかなお》りできたんだ？」

答えることのできないウチのようすに、ミキちゃんが顔をくもらせた。

「さては、ジャマされた？　あの子に。一組の秋葉《あきば》さん。……やっぱりね」

（やっぱり……？）

岡田《おかだ》先生が教室へ入ってきて、ミキちゃんは前を向いてしまった。
小さな疑問《ぎもん》が初雪《はつゆき》みたいにふわふわと舞《ま》い、音もなくウチの胸《むね》の底《そこ》に落ちて、とけた。

♡ 8 心にひびくサウンド

胸《むね》にわいた疑問《ぎもん》は、ウチの心の中で小さなシミとなった。

（あの子……、なんなんだろう……。ずいぶん山下《やました》と親しげだった。いつ、二人はあんなに仲《なか》よくなったの？　暁《あかつき》でいっしょだから？　けど、あの子がこの町にやってきて、まだ数日しかたっていない……）

——どうして？——

「——んでるよね？」

話しかけられて、ウチはわれに返った。

となりのママを見る。

「あ、なに？　ごめん、もう一回言って」

「電車。平日のラッシュ時にはもっとこんでて、さすがにすわれないわよね」

座席《ざせき》から周囲《しゅうい》を見やるママ同様に、ウチも車内をながめた。ほとんどの乗客がシートに腰《こし》かけている。電車はすいていた。

「でも、まぁ、五駅だし、なんとか通えるかな。家を出たのがちょうど九時だったね。到着時刻《とうちゃくじこく》もわすれずにかくにんして、どれくらい通学時間がかかるか、チェックしなきゃ」

そっか。通うとなったら、そういう細かいことまできちんと調べておかないといけないのか。ぜんぜん考えてもなかった。

ママについてきてもらってよかった。やっぱり、おとなってたのもしい。

今日は土曜日。ウチらは桜蘭《おうらん》女学院の文化祭へと向かっている。

電車を下りたら、次はバス。うちから桜蘭《おうらん》へは、私鉄《してつ》、バスと乗りついで行く。

ちょうど停留所《ていりゅうじょ》にはバスが来ていた。走りよって、とびのる。

さっきの電車とはうってかわり、バスの中は、ウチと同じくらいの年ごろの子どもとお母さんやお父さんの親子づれで混雑《こんざつ》していた。おそらく目的《もくてき》も同じ、桜蘭《おうらん》の学校見学。つまり、みんな、ライバルということ。

（桜蘭《おうらん》をめざしてる人たちって、こんなにいるんだ）

チラッ、チラッと、周《まわ》りをうかがう。どの子もしっかりして見える。

（ウチよりずっと頭がよさそう）

心がザワザワとさわぐ。

去年は感じなかった、あせりや不安《ふあん》……。

「過去問《かこもん》売ってたら、買おうね」

「うん。算数は、塾《じゅく》で何問かやったけど、ぜんぶとけたよ」

後方の母子の会話が聞こえてくる。

（行っても、楽しめないかもしれない。もう、桜蘭《おうらん》に入りたいって思わないかも……）

足元がゆれて、ウチはよろめいた。

と、ママの手がしっかりウチをささえてくれた。

とたんに、風船みたいにふわふわとうきあがりかけていた心も、おなかの真ん中にもどってきたような気がした。

（よけいなことは考えないで、とうめいな目で、もう一回学校を見学しよう。入りたいと思えなくても、それはそれでしょうがないんだから）


けれど、心配はいらなかったの。

バスを下りて、桜蘭《おうらん》女学院の前に立ったとたん、去年と同じ気持ちにウチはなった。青い空の下、緑の木々《きぎ》にかこまれてひろがっている学校をやっぱり素敵《すてき》だと思った。正門のわきに置《お》かれた白いマリア像《ぞう》も、二度目に見るせいか、温かくむかえてくれている感じがする。

入り口でパンフレットを配っているのは、胸《むね》のリボンがブルーのセーラー服を着た生徒たち。

「こんにちはー」「どうぞお持ちください」「楽しんでいってくださいね！」

にこやかで、快活《かいかつ》で、れいぎ正しい。

「いいふんいきね。制服《せいふく》もかわいい」

ウチの耳元でささやく、ママ。第一印象《いんしょう》は合格《ごうかく》みたいだ。

フェスティバルにふさわしく、学校の敷地内《しきちない》のあちこちに看板《かんばん》やポスター、横断《おうだん》幕《まく》がはられている。並木道《なみきみち》をたくさんの人びとが行き来する。そのほとんどが受験《じゅけん》生《せい》の親子だけれど、さっきのようなあせる気持ちはもううかんでこなかった。

グレーのずきんとロングスカートの女性《じょせい》が通りかかった。

「わっ、シスターがいる！」

「そうだよ。先生だよ」

「えぇーっ、シスターに教わるの？」

「ミッションスクールだもん」

「すごーい。シャレてるわね」

なにがすごくてシャレてるのかわからないが、ママのこうふんは伝《つた》わってくる。

「ねっ、ねっ、どこから見る？　こうなったら、はじから全部、制覇《せいは》しちゃう？」

なにがこうなったらなのかは知らないが、じつはママは文化祭好《ず》きなんじゃないかとちらりと思った。

そして、じっさい、そうだったんです。

ママに手を引かれ、ウチは、次から次へと見て回った。おばけやしき、縁日《えんにち》、喫《きっ》茶店《さてん》、劇《げき》、ライブハウス……。

おばけやしきではママの悲鳴のほうにウチはびっくりさせられたし、縁日《えんにち》ではママは本気になって輪投《わな》げやヨーヨーつりにちょうせんしていた。劇《げき》でも、ライブハ

輪投

ウスでも、笑《わら》うわ、おどるわ……。そんなおとなはほかにはだれもいなくて、ウチはかなりはずかしかった。ウチのための学校見学ってのは口実《こうじつ》で、たんに自分が文化祭に来たかっただけなのでは？　とうたぐりたくなるほど。少なくとも取材《しゅざい》というのは、ない！　ない！

ある教室の前で長蛇《ちょうだ》の列ができていた。『うらないの館《やかた》』と看板《かんばん》が出ている。

「うらないだって！　入る？」

ひとみをかがやかせて、ママがさそう。

「えー、いいよぉ、たくさんいるじゃん」

「ならびますか？　だったら、最後尾《さいこうび》はこっちですが」

生徒の一人に声をかけられた。

ウチは聞いてみた。

「待ち時間、どのくらいですか」

その人は小首をかしげた。

「そうだなぁ。だいたい三十分くらいかなぁ。ごめんなさいね。こんなに繁盛《はんじょう》するとはあたしたちも予想してなくて……」

色白で、少しふっくらした、やさしそうな中学生だった。

「しほー！」

中学生がふりかえった。しほ、という名前らしい。

「ちょっと来てー。こっち手伝《てつだ》って」

教室からのぞいた顔がそう言うと、また引っこんだ。

（あれ？　今の……。もしかして優奈《ゆうな》ちゃんのお姉さん？）

「どうします？」

「あ、やめときます」

とっさにウチは返事した。

「ええー」

と、ママは不満そうな声をあげたけど、しほさんは、

「そうだね。またすいてるときに、よってくださいね」

感じのいい笑顔《えがお》を返してくれる。ウチらにおじぎをし、教室の中へと入っていった。

「うらない、みてもらいたかったな。三十分なんてさ、あっという間にたつのにさ」

ろうかを歩きながら、ママがブツブツ言っている。

聞きながして、ウチは考える。

(優奈《ゆうな》ちゃん、来てるのかな。来てるわけないいか。優奈《ゆうな》ちゃんにはまよいはないんだもの。今ごろ、一生けんめい勉強してるはず。……けど、山下《やました》のこと、こんな状《じょう》態《たい》で、優奈《ゆうな》ちゃんは、集中できるの？)

ふたたび、心の中のシミがうきでる。

(あの転校生のこと、優奈《ゆうな》ちゃんは知ってるんだろうか……)

「ねぇ、決め手はなんだったの？」

ママが言った。

「たしかにすてきな学校だとは思うけど、もっとなにか決定打があったんじゃない？　れんげが受験《じゅけん》を決心するなんて……」

心のシミは消えて、かわりによみがえってきたのは——夕日をあびて金色にかがやいていたシルエット——。

「見たの。音楽室で。トランペットを吹《ふ》いてた先輩《せんぱい》。なんでだか自分でもわかんないけど、そのとき、ここに通いたいって、思ったんだ」

「トランペット……？」

ママはパンフレットをペラペラめくった。

「あった！　体育館」

「え？　なに？」

「トランペットを吹《ふ》いてたんなら、その先輩《せんぱい》はおそらく吹奏楽部員《すいそうがくぶいん》よ。桜蘭《おうらん》は中高一貫校《いっかんこう》だから、高三じゃないかぎり、まだ今年も部活を続《つづ》けている可能性《かのうせい》が高いわ。行ってみましょう。吹奏楽部《すいそうがくぶ》公演《こうえん》。ちょうど今やってる」

体育館ではすでに吹奏楽部《すいそうがくぶ》の演奏会《えんそうかい》が始まっていた。入り口はしまっていたけれど、係の人がとびらをあけてくれた。

中へ入ったとたん、音におしつぶされそうになった。

暗い館内で、正面のステージだけが光っている。スポットライトをあびてズラリとならんだ楽団員《がくだんいん》たち。それぞれの楽器《がっき》をたずさえて、真剣《しんけん》なまなざしで譜面《ふめん》と指《し》揮者《きしゃ》を追っていた。

ウチとママは背《せ》をかがめながら客席《きゃくせき》のあいだを回り、あいてるイスを見つけてすわった。

吹奏楽《すいそうがく》を生《なま》で聴《き》くのは初《はじ》めてだった。

なんという迫力《はくりょく》だろう。さまざまな音がかさなりあって、重たい。でも、決してい やな重たさじゃない。心がゆさぶられるような、魂《たましい》を引きよせられるような、そんな感覚《かんかく》……。

聴《き》いたことのない曲だった。大きくなったり、小さくなったり。高くなったり、低くなったり。なめらかな音の楽器《がっき》、のびやかな音の楽器《がっき》、はずむような音の楽器《がっき》、地をはうみたいなひびきの楽器《がっき》……、複雑《ふくざつ》にからみあいながら、一つの音楽をかなでている。

曲が終わり、拍手《はくしゅ》をしようとして、気がついた。ウチったら、ひざの上でこぶしを強くにぎりしめていた。耳で、目で、全身で、演奏《えんそう》を味わおうとしていたみたい。

「いた?」

ママにたずねられるまで、トランペットの先輩《せんぱい》のことはわすれていた。

「え……と……」

全体を見わたしてみる。どれがなんの楽器《がっき》なのかよくわからないウチは、なかなかさがしだせなかった。

「トランペットは一番後ろの列、左側《ひだりがわ》の五人よ」

ママのアドバイスにしたがってながめてみても、ここからは遠くて見わけがつかない。あの人かな、と思う人はいるけど、確信《かくしん》はない。

「ちょっとわかんないや。いないかもしれないし……」

「そう」

次の曲はウチも聴《き》いたことのあるマーチだった。ポピュラーなメロディーに客席《きゃくせき》からも自然《しぜん》と手拍子《てびょうし》がおこる。手拍子《てびょうし》をすると、自分も演奏《えんそう》に参加《さんか》しているような楽しい気分になる。

さっきの曲は重おもしかった。それが吹奏楽《すいそうがく》というものなのかと思ったら、この曲ははつらつとしていてはなやか。不思議《ふしぎ》。曲ごとに変化《へんか》する。

（音楽っておもしろい。ウチも、なにか楽器《がっき》、やってみたいな）

そしていよいよ最後《さいご》の演奏《えんそう》。それは、外国のアニメ映画《えいが》の曲のメドレー。どれもよく知られた人気のある曲ばかり。楽団員《がくだんいん》が演奏《えんそう》しながらスイングする。客席《きゃくせき》のみんなの体もゆれる。

（あ、これ……）

ウチが小さいころ大好《だいす》きだった映画《えいが》のテーマ曲に変《か》わった。まほうの力でけもののすがたになってしまった王子様とやさしい女の子との恋物語《こいものがたり》。二人がおどっているシーンが頭にうかんでくる。

と、そのとき、トランペットの一人が立ちあがり、ソロを吹《ふ》きはじめた。

天井《てんじょう》に向かってのびていく、すんだ高音。せつなく、美しい音色《ねいろ》。

あっ！　と、思った。

吹《ふ》いているのは、きゃしゃな、ショートカットの女子生徒《せいと》。

まちがいなかった。

「あの人……」

ウチはつぶやいた。

となりでママがうなずく。

その人のトランペットからひびく音は、力強くて、繊細《せんさい》だった。

とりはだが立つ。

そして、ウチは感じた。

（ウチもあそこに立って演奏《えんそう》してみたい。あの人と――。この先輩《せんぱい》たちといっしょに――。桜蘭《おうらん》の生徒《せいと》になって）

去年、優奈《ゆうな》ちゃんにさそわれて、ここへ来たこと。

たまたま音楽室であの先輩《せんぱい》を見かけたこと。

今日、桜蘭《おうらん》の吹奏楽部《すいそうがくぶ》の演奏《えんそう》を聴《き》いたこと。
みちびかれたのかもしれない、って思う。
そういうことが人生にはあるのかも。
たとえまだ十二年の人生でも――。

だったら、進んでみよう、このまま。
この思いを信《しん》じて。

桜蘭《おうらん》の文化祭をおとずれた翌週《よくしゅう》、ウチは実学舎《じつがくしゃ》に復帰《ふっき》し、受験《じゅけん》勉強を再《さい》スタートさせた。

♡ 9 事件《じけん》

その事件《じけん》がおきたのは、水曜日のことだった。

校庭で遊んでいたウチは、昼休み終了《しゅうりょう》のチャイムが鳴って、ミキちゃんたちと階段《かいだん》を上がってきた。

すると、女子トイレの前に人だかりができていた。

「どうしたの？」

同級生の一人にたずねたら、

「一組の子がトイレから出てこないんだって」

という返事。

「一組の子って、だれ?」

「秋葉《あきば》さん。転校生の秋葉《あきば》りょうって子」

(えっ? あの子……?)

ウチはおどろいて、トイレのドアを見つめた。なんだか胸《むな》さわぎがする。しまったドアの中からは、「出ておいでよ」「五時間目始まっちゃうよ」などと呼《よ》びかける声が聞こえていた。

「なに? いったいなにがあったの?」

「あたしたちも今来たばかりだから、よくわかんないんだけど、一組の女子たちのあいだで、もめごとがあったみたい。で、秋葉《あきば》さんがおこっちゃって、トイレにかけこんで、そのまま出てこないらしいよ」

ミキちゃんの問いに答えたのは、みーたん。ナオ、優奈《ゆうな》ちゃんの顔も見える。優《ゆう》奈《な》ちゃんはウチとは反対のほうを向いて、しせんがあうのをさけていた。

「ちょっとトイレの中、入ってみようよ」

ミキちゃんの腕《うで》を、ナオが引きとめた。

「ムリ。一組の女子でいっぱい。あたしたちものぞこうとしたけど、『よそのクラスは関係《かんけい》ないでしょっ』ってにらまれちゃった」

「わぁー、こわっ。やめとこ」

ウチはたずねる。

「ケンカの原因《げんいん》って？」

「うん。それはね――」

言いかけたナオが、なにかをじっと見つめたきり、口をつぐんだ。

その方角をふりかえると、山下《やました》が立っていた。

（えっ？　まさか……。山下《やました》がかかわってるの……？）

「だれでもいいから、中行って、一組の女子、呼《よ》んできてくれ」

と、山下《やました》。

つけたす。

「ボスっぽいやつな」

顔を見あわせるウチら。が、すぐにミキちゃんがうけおった。

「わかった」

人垣《ひとがき》をかきわけ、奥《おく》へ進んでいった。

やがて、ミキちゃんがつれてきたのは、金子《かねこ》さんを中心とした数人。金子《かねこ》さんは体格《たいかく》がよくておとなっぽい、学年内でも目立つ存在《そんざい》の、まさに一組の女子のリーダー。

山下《やました》を前にした金子《かねこ》さんは、いっしゅん気まずそうに顔をそむけたけど、

「なに？」

ひらきなおったような、いどむような調子《ちょうし》で言った。

「こうなった原因《げんいん》、教えてくれよ」

女子たちはだまっている。

「オレだってのは、本当か」

（山下《やました》が原因《げんいん》!?　どういうこと？　ちっともわからない。ウチの知らないところで、山下《やました》と秋葉《あきば》さんのあいだになにがおこっているの!?）

「オレのことでからかわれて、りょうがおこったって」

「それだけじゃないよ！」

金子《かねこ》さんがかんだかい声をあげた。

「秋葉《あきば》さんは、女子とぜんぜんしゃべんないんだよっ。ウチらは友だちになろうと思って話しかけてんのに。けど、男子とは話すの。特《とく》に山下《やました》とはすごく仲《なか》いいから、そのことちょっと言ったら、とつぜんキレて……」

「べつに、ふつうに言っただけだよ！　イジメとか、そんなんじゃなくて」

「そうそう。マジ、ふつうの会話！」

「なのにさ。秋葉《あきば》さん、おかしいよ！」

口ぐちに言いたてる、一組の女子たち。

「しかも、ユッコのこと、つきとばしたんだよ！　『バカヤロー！』って。どっちが悪い⁉」

「秋葉《あきば》さん、教室とびだしちゃって、心配だから追いかけたら、トイレににげこんでさ。あてつけみたいにずっと出てこないんだもん」

「こんな大さわぎになるし。ウチら悪者あつかいじゃん」

山下《やました》に責《せ》められると思ったんだろう、金子《かねこ》さんたちはすっかりケンカごしだった。

ところが、山下《やました》は言った。

「わかってる。悪いのは、たぶん、りょうだ」

これには一組の女子たち全員がたじろいだ。思わず言葉を失《うしな》った。

「あいつ、変《か》わってるよな。たしかにつきあいにくいと思うよ」

みんながだまっている中、山下《やました》は続《つづ》ける。

「だから、気にしないでほしいんだ」

「気にしないで、って？　話しかけてムシされても、がまんしろってこと？」

山下《やました》は首を横にふった。

「ちがう。あいつがムシするんなら、話しかけなきゃいい、って意味」

金子《かねこ》さんたちは困惑《こんわく》げに山下《やました》を見つめた。

「しゃべらないと言っても、必要《ひつよう》な返事くらいはするだろう？　だったら、めいわくはかけないはずだ。おまえらだって、なにがなんでもあいつと友だちになりたいわけじゃないんじゃない？　ムリに仲《なか》よくなろうとしなくていいよ。ただ、気にしないでやってくれよ。あいつがクラスにとけこまなくても、それでいいって、放っておいてほしいんだ」

女子たちからの返事はない。山下《やました》の言っていることが理解《りかい》できないんだ。ウチもそう。

（それに、なんで、山下《やました》が？）

同じ疑問《ぎもん》を、金子《かねこ》さんが口にした。

「どうして山下《やました》に、指図《さしず》されなきゃいけないの？」

「指図《さしず》じゃない。お願《ねが》いだよ。たのんでるんだ」

「だから、なぜ、山下《やました》がウチらに秋葉《あきば》さんのことをお願《ねが》いするわけ？　やっぱり二人は――」

「関係《かんけい》ないよ。関係《かんけい》ないから、りょうもおこったんだ。そういうこと言われるの、あいつ、一番いやなんだ」

「よく知ってるんだね」

「いっしょに野球やってる、チームメイトだからな。まっ、女子にはわかんないだろうけど」

「秋葉《あきば》さんだって、女子じゃん！」

「あっ……。たしかに……。わすれてた」

やれやれとでもいうように、金子《かねこ》さんは首をすくめた。

「ホント、わけわかんない。もう、どうでもいいって感じ。けど、こっちがよくても、秋葉《あきば》さんが……」

と、金子《かねこ》さんはトイレのドアのほうを見やった。

そのとき。

「おーい！　秋葉《あきば》ぁ！　秋葉《あきば》りょう！　出てこいよぉ。いつまでも、みっともねぇぞー！」

山下《やました》が大声をはりあげた。

しばらくして、ゆっくりとドアがひらいた。うつむきかげんに歩く秋葉《あきば》さんのためにやじうまたちも道をあける。

「りょう。金子《かねこ》のこと、つきとばしたんだって？　ちゃんとあやまれ」

そばまでやってきた秋葉《あきば》さんに、山下《やました》がうながした。

「……ごめん……なさい……」

とぎれとぎれではあったけど、ふてくされたような言い方ではなく、秋葉《あきば》さんは金子《かねこ》さんにあやまった。

「先生来たぞー！」

ろうかの向こうでだれかがさけび、トイレの周辺《しゅうへん》に集まっていたみんなは、クモの子を散《ち》らすみたいにバタバタと教室へと走りだした。

そして、ウチは目撃《もくげき》しちゃったの。

心細そうに、はずかしそうに、秋葉《あきば》さんが山下《やました》の顔を見て、山下《やました》がしっかりうなずいたしゅんかんを。（だいじょうぶだよ）という山下《やました》の、口にはしない声を聞いた気がした。

山下《やました》も秋葉《あきば》さんも、みんなが行ってしまっても、ウチは動きだせなかった。

と、ウチの前に、もう一人。まるで波が引いたあとの砂浜《すなはま》に残《のこ》された二つの貝がら。

ウチと優奈《ゆうな》ちゃんは、ぼうぜんとおたがいを見つめていた。

♡ 10 帰り道

その日の放課後《ほうかご》、校門を出ようとしたら、だれかが後ろから小走りにやってきて、ウチのとなりにならんだ。

見ると、それは、優奈《ゆうな》ちゃんだった。

優奈《ゆうな》ちゃんが言った。

「いっしょに帰ろう」

「う、うん」

ウチはうなずいた。

とまどってはいたけれど、おどろきよりうれしい気持ちのほうが大きかった。

しばらく、優奈《ゆうな》ちゃんはなにもしゃべらない。ウチも。だから、二人でずっとだまって歩いている。それでも、こうして、となりに優奈《ゆうな》ちゃんがいることが自然《しぜん》で、あんまり気にならなかった。

一人だと、どんどん早足になってしまうものだけど、だれかと歩くとゆっくりになる。

優奈《ゆうな》ちゃんと帰るの、何日ぶりだろう。じっさいにはそんなにひさしぶりでもないのに、すごく長い時間がたった気がする。

いろんなことがあった。なにかがおこるたびに、優奈《ゆうな》ちゃんに話したいって思った。伝《つた》えられないおしゃべりがどんどんたまっていって、そろそろ、もう、まんぱいになりそうだったの。

「文化祭……」

ウチは口に出してみた。

「うん」

と、優奈《ゆうな》ちゃんは応《おう》じてくれた。

それに勇気《ゆうき》をえて、ウチは続《つづ》けた。

「今年も行ったんだ。桜蘭《おうらん》の。お母さんと。優奈《ゆうな》ちゃんは、行った？」

「ううん、行かなかった」

「やっぱり。だろうと思った。優奈《ゆうな》ちゃんは、桜蘭《おうらん》を受験《じゅけん》することに、まよいなんてないもんね。ウチはね……、最近《さいきん》、夏休みごろから、わかんなくなってきちゃって……。勉強に集中できなくて、やる気も出なくて、いつもイライラして……」

「それって……」

ためらいがちに、優奈《ゆうな》ちゃんが問う。

「山下《やました》のせい？」

ウチはしばらく考え、正直《しょうじき》に答える。

「それもちょっとはあるかもしれない。夏休みに、山下《やました》がつくりかけてる秘密基地《ひみつきち》に行ったんだよ」

あわてて、言いたした。

「あ、たまたま！　ぐうぜんばったり会って——」

「いいって。気にしてないよ。それで？」

「あ、うん。あいつ、一人でつくってたんだけど、『助手《じょしゅ》にしてやる』って言われて。でも、ウチ、『受験《じゅけん》勉強があるから、終わったら手伝《てつだ》う』って言ったら、『おそい』『今やりたいんだから、今じゃなきゃダメだ』って……。ウチ、そのとき、なんていうか、もう、すごくいやんなっちゃった。自分はいろんなことがまんしてるんじゃないかと思った。小学生最後《さいご》の夏休みもまったく遊べなかったし。六年の夏は一度しかないのに。毎日、勉強と塾《じゅく》、勉強と塾《じゅく》……。そうまでして、本当に受験《じゅけん》したいのか、桜蘭《おうらん》に入りたいのか、わかんなくなっちゃった。

けどね。桜蘭《おうらん》の文化祭に行ってみたら、また気持ちがもどったの。吹奏楽部《すいそうがくぶ》の演《えん》奏《そう》を見たのね。ウチ、生《なま》で聴《き》くの、初《はじ》めてだったの。感動だった。とりはだが立っちゃった。でね、思ったの。来年、ウチもあのステージに立っていたい、桜蘭《おうらん》に入学して吹奏楽《すいそうがく》をやりたい！　って。今まで音楽なんて興味《きょうみ》なかったし、楽器《がっき》もなにもできないウチが、不思議《ふしぎ》でしょう？　でも、ビビッと来ちゃったんだよね。運命の出会い？　って言ったらおおげさか、なら、『縁《えん》』ってやつ？　縁《えん》を感じてしまったの。

それと、やっぱり、ウチ、にげてたんだとわかった。勉強や成績《せいせき》、合格《ごうかく》できないんじゃないかと思う不安《ふあん》から。こんなに勉強して、大事な時間ぎせいにして、受からなかったら、どうなるの？　けどさ、それって、ちがうよね。たとえ受からなくても、がんばり続《つづ》けてきたことはムダにはならない。目標《もくひょう》に向かってやりとげた事実は自信《じしん》になるよね。ウチ、これまでなんにも続《つづ》かなかった。だから、なにかを始める前から、どうせダメなんだってあきらめちゃうところがあった。でも、受験《じゅけん》勉強、最後《さいご》までやりとおせたら、きっと変《か》わると思う。合格《ごうかく》できなくったって、ゼロにはならないんだ」

気がつけば、一人で熱《あつ》く語っていた。さすがにはずかしくなって、口をつぐんだら、

「そうだよ」

と、優奈《ゆうな》ちゃん。

「れんげちゃんの言うとおりだよ」

力強くうなずいてくれる。

「あたしの場合はね、運命とか、そういうビビッと来るしゅんかんはなかったんだけどね。ほら、お姉ちゃんが桜蘭《おうらん》でしょ？　お姉ちゃん、桜蘭《おうらん》が大好《だいす》きで、家でも学校の話よくするし、楽しそうだったし、いいな、って。小さいころから、あたし、お姉ちゃんのすることは、あたしもするというか、お姉ちゃんと同じ道を歩くのがあたりまえだったのね」

「親に、そうしろって言われてたとか？　姉妹でくらべられちゃうの？」

「ううん。親は、ぜんぜん。だって、お姉ちゃんとあたし、まったくちがうタイプだもん。お姉ちゃんはね、明るくって、周《まわ》りまで楽しくしちゃうキャラ。思ったことなんでもすぐ口にできる。そう、れんげちゃんに少し似《に》てる。どちらかというと、れんげちゃんみたいなタイプ」

ウチは首をかしげた。自分のタイプって、よくわからない。

「だから、逆《ぎゃく》に、あたしも、と思っちゃうのかな。あたしだってお姉ちゃんと同じ、って、そういう意地のような気持ち、どこかにあるのかも」

優奈《ゆうな》ちゃんは、はにかんで笑《わら》った。

優奈《ゆうな》ちゃんのそんな話はウチも知らなかった。

「もちろん、それだけじゃないよ。あたし、なぎなた、やりたいのね」

「なぎなた？」

「時代劇《じだいげき》なんかで、女の人が、長い刀持って、ヤァーッて……、見たことない？」

「ある、ある」

「それがスポーツとして今も行われてるの、剣道《けんどう》みたいに。ただ剣道《けんどう》ほどメジャーじゃないから、どこでもできるわけではなくて。けど、桜蘭《おうらん》にはあるのよ、なぎなた部が」

「へぇー、そうなの⁉」

「あそこの校風《こうふう》も好《す》きだし、制服《せいふく》にもあこがれるし……。行きたいんだ」

「そっかぁ……」

考えてみれば、ウチ、優奈《ゆうな》ちゃんの志望《しぼう》理由でさえ聞いたことがなかった。

（もっと知りたい。優奈《ゆうな》ちゃんのこと。いろいろ話を聞きたい。ウチも話したい。これからも、もっと……）

と思ったとき、優奈《ゆうな》ちゃんがつぶやいた。

「いっしょに行けるといいね」

「え？」

「桜蘭《おうらん》に。中学生になっても、同じ学校へ、二人で通えるといいね」

「あ……、うんっ！」

「れんげちゃんがいたから、毎日楽しかった。絶交《ぜっこう》して、はなれてみて、わかった。れんげちゃんがいたから、あたし、山下《やました》を好《す》きになったの。れんげちゃんと、あたしと、山下《やました》。トライアングルの形。れんげちゃんと山下《やました》がケンカして、そばであたしが笑《わら》う、あの時間――。そのトライアングルの音が、あたし、好《す》きだったんだ」

「優奈《ゆうな》ちゃん……」

「でも、れんげちゃんはちがうでしょう？」

「えっ？」

「あたしがいなくても、トライアングルの形じゃなくても、山下《やました》を好《す》きなんじゃない？」

どうなんだろう……。

でも、たしかに、トライアングルの形は関係《かんけい》ないかもしれない。

ぽつりと優奈《ゆうな》ちゃんが言った。

「それって、『本当に好《す》き』ってことじゃないかな」

（あ……！）

「さっき、れんげちゃん、受験《じゅけん》でいろんなことがまんしてるって言ったけど。がまんはしなくていいと思うな。勉強をがんばりながら、学校のことも、恋《こい》も、がんばれるよ、れんげちゃんだったら。だから、がんばって！　山下《やました》のこと」

「えっ？　優奈《ゆうな》ちゃん？」

「あたしはやめます。あきらめたんじゃないわよ。自分からやめるの。あたしのは、『本当の好《す》き』じゃないと気づいたから。そのかわり、れんげちゃん、友情《ゆうじょう》もがんばってよ」

続《つづ》きは小さな声。

「あたしとの」

「もちろん!!」

と、ウチ。

「虫が出たら、助けてね」

「うん」

「バッタでもだよ？」

「まかせなさい」

「ガでもよ？」

「だいじょうぶ」

「テントウムシやハチもよ？」

「うーん、ハチはちょっとこわいが、なんとかしましょう」

「トカゲは？」

「えっ？　トカゲ？　ってか、ハ虫類《ちゅうるい》じゃん！」

「ククク……」

優奈《ゆうな》ちゃんが笑《わら》いだし、

「フフフ……」

ウチも笑《わら》いはじめ、そうしたら、ますますおかしくなった。

「ウフフフフ……」

「ハハハハ……」

「アハハハハハ！」

「イヒヒヒヒ！」

笑《わら》えば笑《わら》うほど、これまでのわだかまりがとけてなくなる気がした。

ウチと優奈《ゆうな》ちゃんは二人でいつまでも笑《わら》いころげた。

なにげなく、優奈《ゆうな》ちゃんが後ろをふりかえった。

その顔から静《しず》かに笑《わら》いが引いていく。

「もう一つあるの、山下《やました》をやめた理由」

「え？　なに？」

と、たずねたときには、まだウチは笑《わら》いつづけていた。

優奈《ゆうな》ちゃんのしせんの先に、あの子を発見するまでは。

「れんげちゃん、約束《やくそく》して」

後方からやってくる転校生をにらんだ優奈《ゆうな》ちゃんの表情《ひょうじょう》はけわしかった。

「あの子にだけは負けない、って」

くるりと前を向きなおった、優奈《ゆうな》ちゃん。

「じゃっ、あたし、先行くね」

「えっ？　えっ？」

「あの子に山下《やました》をとられるのは、ぜったい、ぜったいに、あたし、いやだからねっ！」

優奈《ゆうな》ちゃんはかけだした。

「待って！　そんな！」

困《こま》るってば。

優奈《ゆうな》ちゃん。

そっと背後《はいご》を見やる。

転校生とならんで、山下《やました》が歩いていた。

優奈《ゆうな》ちゃんの期待にこたえられる自信《じしん》ない。

（だって、あの子は、すごく手ごわそうだもの……）

あとがき＝アーヤの恋占《こいうらな》い編《へん》

斉藤《さいとう》栄美《えみ》
（児童文学作家《じどうぶんがくさっか》）

みなさーん、おひさしぶりでーす！　アーヤです。今回のあとがきはあたしが担当《たんとう》します。「アーヤあってのラブ♡へんなの。お願《ねが》い！」と作者のおばさんにたのまれちゃったものですから。《出たい出たいとダダをこねたくせに。……作者のつぶやき》

いよいよ受験《じゅけん》も近づいてきたというのに、れんげちゃんったら、またまた大変《たいへん》な事態《じたい》におちいってしまって……。だいじょうぶかしら。心配。

そこで、あたし、占《うらな》ってみようと思います。じつは、最近《さいきん》、占《うらな》いにはまってるの。あたしの占《うらな》いは、よく当たるって、評判《ひょうばん》なんだよ。

まずは、山下《やました》と優奈《ゆうな》ちゃんね。山下《やました》の誕生日《たんじょうび》は12月4日、いて座《ざ》。血液型《けつえきがた》はB型《がた》。

優奈《ゆうな》ちゃんの誕生日《たんじょうび》は5月11日、おうし座《ざ》。血液型《けつえきがた》はO型《がた》。

（どうして、そんな個人情報《こじんじょうほう》をあたしが知ってるのかって？　おばさんの部屋をちょこっとのぞいたら、机《つくえ》の上のノートに書いてあったんだ。へへへ、ないしょね）

いて座《ざ》でB型《がた》の山下《やました》は、気さくな性格《せいかく》。異性《いせい》の友だちも多くて、告白《こくはく》されることもあるはず。好《す》きな人には自分から積極的《せっきょくてき》に近づいていくタイプ。

おうし座《ざ》、O型《がた》の優奈《ゆうな》ちゃんは、明るく、友だちがいっぱい、異性《いせい》にも人気があります。でも、ふられることをおそれてしまうため、恋《こい》に発展《はってん》するのに時間がかかるかも。

◆山下《やました》と優奈《ゆうな》ちゃんの相性率《あいしょうりつ》……70％

続《つづ》いて、気になる転校生《てんこうせい》、秋葉《あきば》さん。誕生日《たんじょうび》は7月18日、かに座《ざ》。血液型《けつえきがた》AB型《がた》。すぐれた感性《かんせい》の持ち主。相手にも同じような考え方を求《もと》めてしまいがち。なので、恋《こい》の対象《たいしょう》となる人にはなかなかめぐりあえません。

♣山下《やました》と秋葉《あきば》さんの相性率《あいしょうりつ》……70％（おおっ！　優奈《ゆうな》ちゃんの場合と同じ！）

さぁ、そして、れんげちゃん。誕生日《たんじょうび》は10月9日、てんびん座《ざ》。血液型《けつえきがた》O型《がた》。

明るくほがらかでだれにでも平等にやさしいあなたは、周囲《しゅうい》の人気者。さそいをことわれない性格《せいかく》もあって、恋《こい》がいつも身近にあります。（当たってるーぅ！）でも、一人の相手とは長続《ながつづ》きしにくいみたい。

♥山下《やました》とれんげちゃんの相性率《あいしょうりつ》……ジャーンッ！　なんと、90％と出ました!!

さすが、れんげちゃん。これならきっとうまくいくね。ライバルたちをけちらして、がんばれ!!

あ、まだページがあまってる。ついでに、あたしのも占《うらな》っちゃおうかな。恋《こい》の相手がいすぎて選《えら》ぶのに苦労《くろう》しちゃうから、どうでもいい長内《おさない》にしようっと。

あたしの誕生日《たんじょうび》は11月27日、いて座《ざ》。血液型《けつえきがた》A型《がた》。

他人のよさや魅力《みりょく》を素直《すなお》にみとめられる。だから、同時にまったくタイプのちがう人にひかれることがある。浮気《うわき》っぽいと誤解《ごかい》されるかもしれないけど、それはいいかげんな気持ちなのではなくて、素直《すなお》さのあらわれです。(そうなのよぉー!)

さて、長内《おさない》。誕生日《たんじょうび》は3月16日、うお座《ざ》。血液型《けつえきがた》O型《がた》。

だれにでもやさしく、ロマンチックな雰囲気《ふんいき》を持っています。知りあった人への気配りや思いやりから恋《こい》に発展《はってん》することが多いです。(ふーん)

♠あたくしアーヤと長内《おさない》の相性率《あいしょうりつ》……60%

……占《うらな》いなんてさ、占《うらな》いなんてさ……。これにて、あとがき終了《しゅうりょう》! もう、あたし、帰ってねる!!

※アーヤの占《うらな》いは、マーク・矢崎《やざき》先生の『ハンディ版《ばん》めざせ! 占《うらな》いクイーン 星座《せいざ》&血《けつ》液型占《えきがたうらな》い』(金の星社刊《かん》)を参考にさせていただきました。

著者紹介

斉藤栄美《さいとうえみ》

東京都に生まれる。「四年一組石川一家」シリーズでデビュー。おもな作品に『レイナ』『ふしぎなおるすばん』『転校』『教室－6年1組がこわれた日－』「あおぞらえん」シリーズ、「忍者KIDS」シリーズ、『ぼくとママのたからもの』『わたしがふたり』など多数。

米良《めら》

東京都に生まれる。上智大学法学部卒業後、美術研究所で絵を学び、イラストや漫画の仕事を始める。さし絵作品に『キャラクター占い』「ラブ♡偏差値」シリーズなどがある。

フォア文庫

http://www.4bunko.com

この文庫は、岩崎書店、金の星社、童心社、理論社の四社によって協力出版されたものです。

ISBN978-4-323-09075-7　NDC913・173×113

ラブ♡偏差値《へんさち》　転校生も恋《こい》のライバル!?

2010年4月　第1刷発行

著者　斉藤栄美

画家　米良

発行　株式会社　金の星社

東京都台東区小島1-4-3

☎03(3861)1861・FAX03(3861)1507

本文・平河工業社／カバー・広研印刷／製本・東京美術紙工

http://www.kinnohoshi.co.jp

《フォア文庫》刊行のことば　フォア文庫30周年を迎えるにあたって

『だいすきな本みつかるよ！』

フォア文庫は、国際児童年の一九七九年十月、岩崎書店・金の星社・童心社・理論社の協力出版で誕生しました。四つの出版社が一つの児童文庫を創るという画期的な試みは、出版革命とまで言われ、読者の期待を集めました。

創刊四十点から始まったフォア文庫を熱心に読んでくださった皆さんの先輩は、今では社会の最前線で活躍されています。三十年間に発行された本は、七七四点、約三千万冊を超えました。あたたかい声援を送り続けてくださった読者の皆さんのおかげです。

創作文学を中心に、ノンフィクション・翻訳・推理・SFと幅広い内容でスタートしたフォア文庫に、近年は皆さんのリクエストに支えられたファンタジーなど、エンターテインメントの書き下ろし作品も加わり、一層魅力的なラインナップになりました。

私たちは『だいすきな本みつかるよ！』と、自信を持って読者の皆さんに呼びかけます。フォア文庫は皆さんの現在と未来を見つめながら、より面白く、より胸をうつ、そして、より愛される本を作る努力を重ねてまいります。

やがて、皆さんは自立の時を迎えます。さまざまな読書の体験が、社会に羽ばたく皆さんの翼になってほしい、そんな願いをこめて、フォア文庫の出版を続けていきます。

「フォア文庫の会」岩崎書店・金の星社・童心社・理論社

ハピ☆スタ編《へん》集《しゅう》部《ぶ》

梨屋アリエ［作］　甘塩コメコ［画］

“あまったれ”な未来乃《みらの》、人気モデルの姉・巴里花《ぱりか》、
おしゃれ雑誌《ざっし》『ハピ☆スタ』の子ども編集《へんしゅう》部員たち、
おもしろキャラいっぱいのお仕事コメディー!

『ハピ☆スタ』でおしゃれになれる!?

★1 なんであたしが編集長《へんしゅうちょう》!?
★2 レポーターなんてムリですぅ!
★3 インタビューはムリですよぅ!
★4 いつのまにデザイナー!?
★5 モデルになっちゃいますぅ!?

これからも、つづきます。

ラブ♥偏差値《へんさち》

斉藤栄美・作　米良・画

“ステップアップ恋愛《れんあい》ストーリー”

勉強も、友情《ゆうじょう》も、恋《こい》も、がんばるよ！

どっきどきの恋《こい》のレッスン！

1. もしかして初恋《はつこい》!?
2. 初《はつ》デートは ちょいビター!?
3. 年上のアイツ
4. レンアイの法則《ほうそく》
5. 初《はつ》カレは期間限定《げんてい》!?
6. 恋《こい》って、うつるんですっ！
7. 親友が恋《こい》のライバル!?
8. レンアイ♥トライアングル
9. 転校生も恋《こい》のライバル!?

これからも、つづきます。